REGINA DRUMMOND

a mulher do meu pai

ilustrações
Floraawad

DIÁLOGO

editora scipione

Gerência editorial
Sâmia Rios
Edição
José Paulo Brait
Revisão
Katia Goveia Vitale,
Renato Luiz Tresolavy
e Thiago Barbalho
Coordenação de arte
Maria do Céu Pires Passuelo
Diagramação
Fabio Cavalcante
Programação visual de capa e miolo
Rex Design

editora scipione

Avenida das Nações Unidas, 7221
CEP 05425-902 – São Paulo – SP

ATENDIMENTO AO CLIENTE
Tel.: 4003-3061

www.scipione.com.br
e-mail: atendimento@scipione.com.br

2025

ISBN 978-85-262-8317-6 – AL
ISBN 978-85-262-8318-3 – PR

Cód. do livro CL: 737865

CAE: 262757 - AL

2.ª EDIÇÃO
3.ª impressão

Impressão e acabamento
Forma Certa Gráfica Digital
Código da OP: 276973

Dados Internacionais de Catalogação na Publicação (CIP)
(Câmara Brasileira do Livro, SP, Brasil)

Drummond, Regina

A mulher do meu pai / Regina Drummond; ilustrações de Floraawad. – São Paulo: Scipione, 2004. (Série Diálogo)

1. Literatura infantojuvenil I. Floraawad. II. Título. III. Série.

04-1318 CDD-028.5

Índices para catálogo sistemático:
1. Literatura infantojuvenil 028.5
2. Literatura juvenil 028.5

Dedico este livro aos Barth, minha família alemã, com quem venho escrevendo uma história de carinho e alegria.

Quinta-feira, 19 de julho

Troquei de caderno para tentar renovar a minha vida. Comprei você, que é lindo e enfeitado, e vai ficar ainda mais depois que eu começar a desenhar, mas sou obrigada a iniciar o meu diário diferente do que pretendia, já que explodiu uma bomba na nossa cabeça.

Um fim de semana sim, outro não, você sabe, vamos para o apartamento do meu pai em Pinheiros, ou melhor, Alto de Pinheiros, bairro *muuuito* mais chique, como diz a minha mãe. Agora era a vez do não, mas ele nos convidou para ir ao McDonald's – e, quando o espertinho decide satisfazer o nosso desejo (meu e da Jandira, minha irmã), a gente já imagina: só pode ser porque *ele* quer alguma coisa!

Não deu outra: ele estava impaciente e foi logo contando:

– A Aline mudou-se para São Paulo, nós alugamos uma casa e vamos morar juntos.

Eu não disse nada.

A Jandira também não.

– O que vocês acham? – perguntou ele, como se tivéssemos mesmo de achar alguma coisa.

Eu olhei para o outro lado. De repente, uma festa de aniversário no canto do salão me pareceu bem interessante.

A Jandira deu de ombros e descascou a sua frase predileta:

– Tanto faz.

Meu pai ficou sem saber o que falar.

Por que ele acha que isso é problema meu? Ele que vá viver com quem quiser, para mim é indiferente.

É claro que a gente já sabia dessa namorada do meu pai. Mas ela morava em Paris, sabe como é... Vinha visitá-lo em São Paulo, e ele ia até a capital da França para vê-la. Sei também que eles se encontravam em outros lugares do mundo, mas era só.

De minha parte, sempre pensei que a tal francesa fosse como uma namorada qualquer. Quando ela estava aqui, a gente dizia que não queria ir ao apartamento dele e não ia. Não tínhamos a menor vontade de conhecê-la, e ele também não parecia fazer muita questão.

Quando contei isso para a minha mãe, ela ficou uma fera. Disse que, depois que arruma outra mulher, homem nenhum se preocupa mais com os filhos. Ela tem certeza de que, daqui a pouco, meu pai nem vai mais querer que a gente vá à casa dele.

É pagar para ver!

Sexta-feira, 20 de julho

Ainda estou meio tonta. Minha mãe não para de reclamar – e olha que ela reclama, diário! Agora, resolveu "se queixar com antecedência", quer dizer, já está lamentando o que ainda nem aconteceu.

Claro, a maior preocupação dela é com o lado financeiro. Aliás, tudo para a minha mãe começa e acaba com dinheiro. Ele é o ponto máximo da vida dela, mas quem pode dizer que ela esteja errada?

Ela está sempre dizendo que a pensão que o meu pai dá é muito pequena, mas é ele, de fato, quem paga tudo para nós: escola, supermercado, condomínio, água, luz, telefone, médico, dentista, remédios, roupas, passeios... No fundo, ela morre de medo mesmo é de que ele deixe de bancar esses custos. Afinal, ela trabalha como corretora e não tem rendimento fixo. Quando vende algum imóvel, o caixa é reforçado, mas às vezes passa meses sem fechar nenhum negócio. Nessas horas, reclama que o mercado está ruim, mas também não procura outro trabalho.

Minha mãe quer que o meu pai dê o apartamento para ela, mas ele responde sempre que não. Diz que ela pode morar nele o resto da vida, mas no papel o imóvel vai ser sempre dos dois e deve ficar de herança para nós, as filhas.

Safado, ele, né? Por que não pode passar o dito-cujo para o nome dela e deixá-la mais sossegada? O que é que isso custa?

Quanto à namorada do papai, minha mãe tem certeza de que ele fez uma péssima escolha.

– Imagine – diz ela –, o Daniel arruma uma francesa por aí e traz para dentro de casa. Sabe-se lá de onde saiu essa mulher, que tipo de vida levava antes, quem ela é realmente?

E fica falando tudo o que imagina, uma porção de coisas que eu nem quero ficar repetindo, mas quem garante que ela não tenha razão?

Coitado do meu pai, será que ele é assim tão bobo para não perceber as besteiras que faz? Largar uma mulher perfeita que nem a Gabriela, minha mãe, para ir morar com quem ele mal sabe quem é?

Meu cabelo está um nojo! Queria deixar crescer, mas não consigo, fico com raiva e acabo cortando. Também, cabelo crespo é um inferno, não há creme ou escova que o acalme! Já fiz amaciamento, diminuiu o volume, mas só serviu mesmo para deixá-lo espigado, e achei que ficou pior ainda. Depois tem idiota que diz que cabelo de anjo é cacheado. Duvido! Não acredito que sejam todos loiros, mas aposto que o cabelo é liso.

Vou ver se lavo e dou um jeito de fazer uma escova para o fim de semana.

Sábado, 21 de julho

Minha mãe me perguntou se eu sabia desde quando o meu pai vem encontrando essa mulher.

Saquei na hora: o que ela realmente queria saber era se eles dois ainda estavam casados quando ele conheceu a francesa. Sim, estavam, tenho certeza! Mas não falei nada, para ela não começar a chorar de novo.

Ai, como a minha mãe chorou quando o meu pai foi embora... Tenho tudo escrito no caderno de capa preta, mas jamais vou esquecer! Mesmo porque eu também sofri e chorei muito!

Foi tão de repente... Após uma briga horrorosa, ele simplesmente pegou as coisas dele e saiu. Minha mãe disse que ele tinha ido viajar, mas o meu pai tinha ido embora.

Ela ficou tão nervosa... Chorava à toa. Implicava com qualquer coisinha que a Jandira ou eu fizéssemos. E ficava repetindo como um CD riscado:

– Fiz de tudo para esse casamento dar certo, Isabela. Sacrifiquei tudo de que gostava pelo Daniel, não entendo o que aconteceu... – e chorava sem parar.

Alguns dias depois, meu pai conversou com a gente. Ele também parecia muito triste. Disse que eles dois iam se separar, mas que tudo ia dar certo, que a gente não se preocupasse, pois cuidariam sempre de nós.

Minha avó Sueli veio nos buscar e ficamos uma semana com ela em Belo Horizonte. Vovó disse que queria deixar meus pais sozinhos para que se entendessem, mas isso nunca aconteceu, e agora eu sei de quem é a culpa: daquela francesa safada! Foi ela que roubou o meu pai da minha mãe.

Vi algumas fotos dela no apartamento dele. Numa ela está rindo, na outra está séria e faz pose com um gato preto. Nojenta! Por que não fica lá na casa dela e deixa o meu pai em paz?

As férias estão acabando. E o Mateus, o que estará fazendo?

O garoto foi viajar com os pais. Não sei exatamente para onde, porque ele queria ir à Disneyworld, mas o dólar está muito caro e a mãe dele achou melhor irem ao Nordeste. Ele ainda tentava convencer os dois, no último dia de aula, e eu acabei não sabendo o final da história.

Hoje à noite vou comer uma *pizza* com as minhas amigas.

Domingo, 22 de julho

Não fiz nada neste final de semana e o domingo já foi embora. Decididamente, essas férias foram um saco! Nem para a casa da minha avó, no interior de São Paulo, eu pude viajar, porque ela precisou fazer uma operação e ainda está de repouso. Na casa do meu tio, minha mãe não deixou. Ela não gosta muito da cunhada e sempre acha que vai dar falação. Quanto às irmãs dela, nenhuma novidade: duas moram sozinhas, e as outras duas, com a minha avó, o que só faz a gente andar em círculos no assunto.

E a família do meu pai? Ah, essa, quem não sabe? Eles decididamente não gostam da minha mãe. E quem não gosta dela não precisa gostar de mim!

Minha mãe diz que a minha avó Sueli queria uma mulher mais "fina" para o meu pai, quer dizer, rica. E as duas já tiveram muitas brigas. Meu avô fica quieto, mas eu já o ouvi falar mal da minha mãe para o meu pai, chamando a coitadinha de egoísta e invejosa.

Fiquei com muita raiva dele. Imagine, dizer uma coisa dessas da minha mãe! Ela faz de tudo por nós, vive para cuidar da casa dela e das pessoas que ama, não sai, não tem amigas... O que eles querem mais?

Falar que ela é invejosa... Um absurdo! Como ela não se cansa de dizer, é tudo intriga.

Vontade de sair, fazer alguma coisa, mas sozinha é sem graça demais. Algumas das minhas amigas também estão por aí, mas parece que todo mundo tem o que fazer, menos eu.

Vou desenhar para ver se me distraio. Estou com preguiça de escrever.

Segunda-feira, 23 de julho

Ufa, outro *show*! Só de pensar que o meu pai vai pedir o divórcio para casar com essa francesa, minha mãe começa a berrar. Ela diz que não aceita, que não assina papel nenhum. Que, se ele está pensando que vai ser fácil se livrar dela, vai ver uma coisa! E faz um monte de ameaças, mas não sei se fala isso para ele ou só para mim.

Ele ligou agora há pouco, e os dois começaram a brigar ao telefone. Nem sei o que ele queria, mas ela estava tão irritada que já saiu gritando.

Coitada da minha mãe! Ela está numa situação tão difícil, será que o meu pai não enxerga? Será que ele não tem nem um pouquinho de pena dela?

Terça-feira, 24 de julho

Minha irmã está muito gorda. E não para de comer! Eu, ao contrário, estou magra demais, mas não é a magreza que me incomoda, é este corpo inteiro! Pareço uma campeã de natação: nada de frente, nada de costas! Quando será que meus peitos vão crescer e ficar saltando para fora da blusa de um jeito provocante e sensual?

Que droga! Dois tiquinhos de nada! Uso sutiã só para não ficar aparecendo as bolinhas, porque, pelo tamanho dos meus peitos, nem precisava!

E o que fazer com esse raio de cabelo enrolado?

Sábado, 28 de julho

Queria falar do Mateus, que não vejo desde o começo das férias, mas não paro de pensar no meu pai e naquela mulher.

Conheci a peça ontem. Fomos jantar na casa da minha tia Sílvia e do meu tio Luís, acho que para ter mais gente para conversar. Excelente ideia, pois eu e a Jandira combinamos de não falar com ela, o que aliás nem foi difícil, pois ela fica calada a maior parte do tempo e, quando abre a boca, solta um português horroroso, todo errado e cheio de erres. Quando ela falava comigo, eu só fazia “hum-hum” ou “ham-ham”, reforçando com a cabeça para ela ter certeza da resposta. E sumia de perto sempre que dava, para não ser obrigada a “falar” mais do que isso.

O que eu achei dela?

Uma chata. Antes de qualquer coisa, chatíssima. Chatérrima. Chatississimérrima.

Vou descrever o tipo para você. O tempo todo ela faz pose: de chique, de charmosa, de delicada para se mexer e falar, de elegante. Ai, muito metida a besta. Alta, mas não muito; magra, mas coxuda, bunduda e peituda (aposto que é silicone!); os cabelos loiros e superlisos batendo na cintura, dentes certinhos na frente da boca, mas cheios de obturações no fundo, que eu vi quando ela deu uma risada. Só se salvam os olhos azuis, que devo confessar que até achei bonitos, com cílios longos e escuros, mas a gente já sabe que deve ser puro rímel.

Todo mundo ficou babando por ela e eu morri de nojo!

Não sei explicar, mas ela ficou olhando demais para mim. É engraçado, porque ela me olha de um jeito assim meio vazio, como se estivesse pensando em outra coisa ou até mesmo vendo outra pessoa. Deve ser curiosidade a meu respeito, mas, se você quer saber, eu não tenho curiosidade nenhuma a respeito dela. Já manjo esse tipo faz tempo!

Domingo, 29 de julho

Esqueci de contar que ela trouxe um presente para mim: um perfume de Paris, daqueles bem bonitões e (lógico!) caros, além de um creme para o corpo e um sabonete. Quando ela me entregou o pacote, eu não queria receber. Que presente, que nada!

O que eu quero é que o meu pai volte para casa e tudo seja como era antes, não quero agrados da mulher que está levando o meu pai embora. Mas ela insistiu e disse em inglês, bem devagar, para ter certeza de que eu estava entendendo:

– Quando compro um presente para uma pessoa, só dou para aquela pessoa. Portanto, se você não quer, vou jogá-lo agora mesmo no lixo.

Assim já era demais! Não que acreditasse nisso, mas era melhor não arriscar. Peguei o embrulho e deixei no canto, em cima de um móvel. Não agradeci nem abri. Mais tarde, porém, não aguentei de curiosidade e fui ver: uau, uma glória! Mas não falei nada. Nem vou usar perto dela.

Depois, a Jandira também me mostrou o presente que ganhou: uma boneca vestida como uma dançarina de cancã e um perfume de menina. Ela ficou babando... Logo saquei que a pirralha estava indo para o lado da francesa e dei uma dura nela:

– Vai trair a nossa mãe, você também?

Ela começou a chorar. Eu me virei para o outro lado na cama e dormi.

Segunda-feira, 30 de julho

Duvido que seja verdade, mas ela adora fazer pose de pintora famosa. Aqui no Brasil, aposto que ninguém nunca ouviu falar dela! Quando começa a contar das exposições que fez e dos prêmios que ganhou, eu saio de perto. Ela fala tudo errado, meu pai tem de traduzir para os outros entenderem, é um saco, mas fica todo mundo babando! Além do mais, não quero ouvir mesmo!

Minha mãe não fala o nome dela, só diz Fefê, apelido que quer dizer "a francesa fedida do seu pai". Ela diz que francês não gosta de tomar banho, mas eu não sei, não... Essa francesa é cheirosa! Perfume, pelo menos, ela passa bastante.

E o cabelo dela, diário... Melhor nem falar nesse assunto!

Terça-feira, 31 de julho

Hoje minha mãe ficou uma fera! A história começou com risadas, mas acabou com ela mais irritada do que nunca.

Tudo começou quando ela resolveu pedir para uma amiga que fala inglês ligar na casa do meu pai. Elas combinaram algumas coisas para dizer, e foi aí que a gente riu muito.

No final, porém, tudo deu ao contrário, e a conversa foi mais ou menos assim:

– Alô, é da casa da Gabriela? – perguntou a Vânia, amiga da minha mãe.

– Desculpe, aqui non morrar ninguém com essa nome – respondeu a francesa.

– Mas não é aí que mora o Daniel? – a Vânia insistiu. Ela só entendeu o nome:

– Daniel? Sim, porr favorr, eu non falarr porrtuguês. Você falarr *français*, *English*, italiano *oder Deutsch*?

– É aí que mora o Daniel? – a Vânia repetiu a pergunta, agora em inglês.

– É, sim – confirmou ela.

– Ele não é o marido da Gabriela?

– Eu não conheço essa pessoa – disse a figura.

– Quem é você? – perguntou a Vânia, acentuando o "quem".

– Eu sou Aline.

– De onde você vem? – perguntou a Vânia.

– De Paris – respondeu ela.

– Mas quem é você e o que está fazendo aí, na casa do Daniel? – insistiu a Vânia.

– Eu sou Aline e moro aqui também. Por favor, já que você conhece o Daniel, ligue para ele no escritório e peça todas as explicações que desejar, está bem? Obrigada e tenha uma boa tarde.

A Vânia ficou com cara de boba, olhando para o telefone desligado na mão – tum, tum, tum... Eu não disse nada, mas fiquei com muita raiva de tudo aquilo – aquela mulher é muito cara de pau! E a minha mãe ficou muito aborrecida: a Vânia não tinha falado nada do que elas tinham combinado e ainda por cima levou um fora! Minha mãe culpou a Vânia, que ficou uma fera, disse um monte de besteiras para a minha mãe e terminou com chave de ouro:

– Você pode falar o que quiser dessa mulher, mas uma coisa eu posso lhe afirmar: educada, ela é!

Foi o que bastou para a minha mãe ficar possessa e começar a gritar. Achei melhor puxá-la pela mão e sumir com ela dali!

Quinta-feira, 2 de agosto

Nada de novo acontece, escrever sobre o quê? Não quero ficar me repetindo. E parece que meus pensamentos não saem do lugar.

Minha mãe ficou louca quando contei que a francesa tem uma aliança de brilhantes maravilhosa.

– Vai ver que foi o seu pai quem deu! – urrou ela. – Cretino! Eu sempre sonhei com uma e nunca tive! Aposto que foi a primeira coisa que ele comprou para aquela lambisgoia!

Minha mãe sempre fica com raiva quando alguém ganha um presente bonito, principalmente se for algo que ela gostaria de ter – e às vezes tenho a impressão de que ela parece criança, pois quer ter tudo que os outros têm.

Lembro de uma briga muito grande que meus pais tiveram, faz um tempão. Minha tia comprou uma casa nova e mamãe queria porque queria uma casa nova também. Meu pai disse que não, mesmo porque ela iria querer comprar móveis novos, ela disse é claro, onde já se viu casa nova com móveis velhos, e a discussão só teve fim quando ele berrou:

– Por que você não experimenta trabalhar para comprar as coisas? – e saiu, batendo a porta. Ela veio chorar no meu quarto:

– Você viu como ele me trata? Viu como ele é estúpido comigo?

Se vi! Uma coisa que não sei é se vou querer me casar. Casar para quê? Mesmo porque a minha mãe não se cansa de repetir que os homens são todos iguais.

Sábado, 4 de agosto

Ontem, viemos conhecer a casa nova do meu pai. Linda, diário! Você não imagina como ela é maravilhosa!

Coitadinha da minha mãe, nunca teve uma casa dessas! Nunca moramos numa casa como esta nem por um dia, sempre foi naquele apartamento de dois quartos, que é apertado para quatro pessoas. Agora, para essa mulher, é tudo do bom e do melhor.

Aliás, no tempo da minha mãe, era um tal de fazer economia... Você se lembra, é claro. Eu já comentava com você que achava um exagero.

Minha mãe brigava o tempo todo com o meu pai porque ele gastava demais. Ela dizia para mim:

– Isabela, seu pai não dá valor ao dinheiro! Desperdiça com bobagem, mas implica quando compro coisas para a casa ou para vocês!

Na verdade, eu achava que o meu pai era pão-duro com ele mesmo também, mas isso a minha mãe não falava. Um estava sempre implicando com os gastos do outro. Mas agora, pelo visto, acabou a fase de economia! Ele entrou na era da pura gastação, é um tal de comprar, só vejo essa Fefê abrindo pacote!

Na hora de dormir, ela não fez a cama de ninguém, apenas separou os lençóis, travesseiros e cobertores e colocou em cima do sofá-cama. Não falou nada, só boa-noite. Meu pai é que foi lá fazer a cama da gente.

Mulherzinha mais imbecil!

Domingo, 5 de agosto

Já voltamos para casa, mas eu só fico pensando na casa do meu pai... (Nunca vou dizer nem no meu diário que aquela casa é dela!) Tem duas salas grandes – a de estar, com três ambientes e um lavabo, e a de jantar, ao lado da cozinha – e três quartos com um banheiro e um *closet* em cada um. O banheiro do quarto deles tem banheira com hidromassagem.

Um quarto é o ateliê dela, o que eu acho mais bonito e queria para mim, porque o teto é como um sótão e tem prateleiras cheias de livros, mas é claro que eu não ia pedir. E nem teria dado tempo: ela logo foi informando que ficaríamos no outro, onde tem uma televisão e uma mesa para a gente levar o computador quando quiser – porque ela já deixou claro que ninguém pode usar o de lá, que é só para trabalhar (e para mandar *e-mails* para as amigas, mas isso ela não diz).

E o jardim, então? Uma beleza! Ela diz que ainda vai ficar bom, imagine o que não pretende fazer nele! Vai ver que quer construir uma piscina, porque lugar para isso já tem.

Sim, como diz a minha mãe, é muito fácil gastar o dinheiro dos outros!

Quando eu contar as coisas que a francesa pretende fazer na casa, a minha mãe vai ficar uma fera. Aposto que vai dizer que agora é que o meu pai vai ficar sem dinheiro, mesmo – e nós, na miséria!

Eles são duas pessoas e dormem juntos. E a gente dormindo espremida, eu e a Jandira no mesmo quarto, com um banheiro só para todo mundo! Um desaforo! Vou exigir um apartamento que tenha um quarto só para mim!

Segunda-feira, 6 de agosto

Começaram as aulas. Bem, se não é exatamente uma vantagem estudar e fazer deveres e provas, pelo menos encontrei o Mateus de novo. Ele disse "oi" e ficou me "oiando", quer dizer, olhava, desviava o olhar, olhava, ria, parece que queria dizer "oi" a toda hora, como se não soubesse o que falar.

Perguntei das férias. Ele disse que foi mesmo à Disneyworld, e adorou. Fiquei morrendo de inveja... Depois de ter passado o mês inteiro em casa, assistindo televisão e jogando *videogame*, qualquer um ficaria! Ele disse que vai trazer as fotos para eu ver.

Quer saber de uma coisa? Qualquer dia eu vou dar um beijo nele! Porque, se depender dele, não vai acontecer nem no Dia de São Nunca!

Quando comecei este caderno novo, uma das coisas que prometi a mim mesma foi que não ia ficar contando casinho de aula como nos diários anteriores. Quero falar mais das coisas que penso e sinto. Afinal, todo dia acontecem fatos novos na vida da gente. Diferente é o jeito de vê-los, e sei que o meu é muito especial: gosto de pensar e analisar o que me acontece. Meu maior prazer é desenhar, mas resolvi escrever minhas emoções, já que não consigo retratá-las com fidelidade.

Não consigo parar de pensar no meu pai e naquela mulher. Pomba, ele tinha de escolher justamente uma francesa?

Não apenas cheia de frescuras, mas tão chata, diário, *tããão* chata! Na casa dela tudo tem de ser impecável. Ela odeia bagunça e sujeira e fica repetindo:

– Casa desarrumada me deixa nervosa. E "desarrumada", para ela, é qualquer coisa que a gente deixe fora do lugar!

Precisa ver como ela trata o meu pai! Fica o tempo todo em volta dele, paparicando, tratando o cara como se fosse um anjo caído do céu! Tudo o que ele faz ou diz, ela acha lindo... E é um tal de *mon amour* pra lá, *mon amour* pra cá, que me deixa de saco cheio! E que beijação! Um exagero!

Nunca vi o meu pai assim carinhoso com a minha mãe. Na verdade, eles brigavam o tempo todo, mas eu acho que brigar é normal na vida de um casal. Todas as minhas amigas contam das brigas homéricas dos pais.

Meu pai e minha mãe brigavam mais ainda nos finais de semana. Minha mãe queria ir ao *shopping*, almoçar fora, sair, passear – "se divertir", conforme ela dizia; "gastar dinheiro", conforme dizia o meu pai. Ele estava cansado e queria descansar em Santos. Ela odeia Santos, principalmente no inverno. Ufa, as brigas "Santos: ir-ou-não-ir" eram terríveis!

É claro que a gente não gostava de ver os dois brigando, mas com o tempo eu não ligava mais, nem a Jandira. Mas nunca achei que fossem se separar de vez. Mesmo depois que isso aconteceu, sempre acreditei que ele acabaria voltando para casa e tudo ia ser como era antes.

Para quem será que vai ficar o apartamento de Santos? Eles já brigaram por causa dele, mas a minha mãe disse que nada ficou resolvido. Mesmo porque ela detesta tudo o que o meu pai adora naquele lugar. Só acho que ela não vai gostar de ver a francesa usando o apartamento dela.

Terça-feira, 7 de agosto

Ha, ha, ha, diário, vamos rir, porque foi *muuuito* engraçado!

Minha mãe veio conversar comigo sobre sexo. Mas o que ela queria mesmo era fazer perguntas disfarçadas, para saber se eu já beijei algum garoto. É claro que não vou ficar contando, não estou a fim de ouvir lição de moral... Por sorte, o telefone tocou e cortou o assunto. Ufa!

É incrível, mas não consigo esquecer o olhar esquisito daquela francesa! Ela realmente olha demais para mim! Aquele olhar comprido dela está começando a me incomodar!

Quarta-feira, 8 de agosto

O Mateus tem uma boca tão bonita... Toda desenhada, com beicinho e tudo. Quando ele ri, os dentes brilham como os olhos... Acho uma gracinha: os dois dentões da frente são levemente separados, ele fica parecendo um menino, lindo!

A Tatiana, minha amiga da sexta série, leu um livro sobre beijos e contou:

– Eu enfio a minha língua dentro da boca do garoto e ele enfia a dele na minha. Acho que é como se um ficasse procurando a língua do outro, só não sei para fazer o quê com ela...

Morrendo de rir, expliquei para ela que esse é um beijo de língua, mas que a gente não precisa "achar" coisa nenhuma, o charme está em "brincar de procurar".

Ela não entendeu mais nada e disse:

– Deve ser engraçado, acho que vou começar a rir na hora H!

– Aposto que não! – respondi, dando muita risada só de imaginar a cena e me divertindo também com a curiosidade dela.

Acho que ela pensou que sou a maior sabichona do assunto!

Quinta-feira, 9 de agosto

Minha mãe voltou a ficar nervosa. Desconfio até que anda chorando quando fica sozinha ou conversa com as amigas. Ela não diz nada para mim, mas grita muito com a gente e até bateu na Jandira ontem.

Como ela nunca se cansou de repetir, esse meu pai só apronta mesmo! Como ele pôde deixar essa mulher maravilhosa, que ele mesmo dizia que é excelente cozinheira, boa mãe e ótima dona de casa?

Quando eles ainda moravam juntos, brigavam muito por causa dos amigos dele. E da cerveja, claro! Coitada da minha mãe, tinha de aguentar um homem que vivia trocando a família pelos amigos...

Quero só ver o que a chata daquela francesa vai achar disso, quando aquele cretino do meu pai começar a levar os amigos para encher o saco dela!

Sexta-feira, 10 de agosto

Esqueci que ia ficar menstruada e não levei absorvente para a escola. Ufa, ainda bem que a Jussara tinha um de reserva! Agora estou morrendo de cólica, por isso deitei um pouco, mas a Jandira ligou o computador e aquela musiquinha chata do *videogame* me irrita e atrapalha. Não posso nem ouvir o meu som.

Dei uns berros com ela, a mamãe já entrou na briga, um fuzuê!

Droga! Será que a gente não tem o direito de ficar com cólica em paz nesta casa?

Segunda-feira, 13 de agosto

Ainda bem que não é sexta!

Quinta-feira, 16 de agosto

Apesar de ter jurado que não ia ficar contando casinho de aula no meu diário novo, não resisto! Este é tão engraçado...

Minha professora de português é muito legal. Ela é divertida e a gente dá muita risada na aula. Ela estava comentando como a língua portuguesa – que ela acha que já não é mais portuguesa coisa nenhuma e deveria ser chamada de "língua brasileira" – é "aviltada". Anotei a palavra porque achei chique. Ela disse:

– Acho que já criamos outra língua há muito tempo, de tão diferente que falamos em relação a Portugal, mas espero estar morta no dia em que uma professora de "brasileirês" estiver ensinando a maneira (corretíssima!) de conjugar o verbo "tar": eu tô, tu tá, ele tá, nós tamo, vós tais, eles tão.

Desde esse dia, nunca mais escrevi "eu tô", nem no meu diário. E você está de prova!

Sábado, 18 de agosto

Cá estou eu na casa do meu pai. Sem nada para fazer, é claro! Comemos uma *pizza* e agora só falta dormir.

Eu continuo sem falar com ela. A Jandira não aguenta, mas também ela é pequena, né? E é mesmo muito chato ficar o tempo todo muda que nem um peixe. Parece que o tempo não passa, tudo fica muito comprido e devagar... Um porre!

Tentei pensar em outras coisas, mas só sinto uma raiva enorme dentro de mim. Experimentei olhar o que as pessoas estão fazendo, mas parece que ninguém faz nada de interessante, estão todos comendo e conversando... Então, eu fico apenas esperando que o tempo passe. E como ele custa!

Com os outros, a francesa conversa bastante, mas na nossa frente também não conversa muito. Minha cara feia não deve ser propriamente um estímulo; a Jandira não é de natureza falante; meu pai tenta, mas não tem assunto, coitado. O que nós vamos conversar com o cara? Ele só pensa em trabalhar! Minha mãe já cansou de repetir, tanto para ele, nas brigas, quanto para nós, em casa:

– Seu pai não liga para a gente. Ele só pensa em trabalhar, trabalhar, trabalhar...

Isso é verdade. Mesmo quando ele morava na nossa casa, vivia viajando a negócios, fazendo cursos à noite e nos finais de semana, ou saindo para encontrar os amigos. Para variar, trazia esses amigos para a nossa casa, o que deixava a minha mãe ainda mais possessa.

Coitada da minha mãe, sempre sozinha em casa... Ela já falou para mim mais de uma vez:

– Isabela, se você inventar de casar cedo como eu, lhe dou uma surra e a coloco num internato até a vontade passar!

A verdade, porém, é que ela se casou porque estava grávida de mim.

Mamãe nunca gostou de estudar e rodou uma porção de vezes. Terminou o nono ano aos 18 anos – imagine, eu tenho 13 e estou no oitavo! Ela trabalhava num supermercado e decidiu parar de estudar e largar o emprego, porque ia ter um ano cheio – casamento em fevereiro e meu nascimento em junho – e nunca mais voltou nem para a escola nem para o trabalho.

Deixar os estudos foi a grande bobagem que mamãe fez. Acho que ela deveria voltar a estudar. Outro dia, eu disse isso para ela, mas ela entendeu diferente e perguntou, aos berros, se eu a estava chamando de burra. Eu me encolhi toda e sumi para o meu quarto.

Ora, diário, estudar não tem nada a ver com inteligência, mas com cultura. Minha professora já repetiu isso mais de mil vezes. A mamãe poderia ler, por exemplo, mas ela não se interessa por livros. Meu pai diz que paga uma pessoa para cuidar da casa, para que ela tenha tempo de estudar, mas ela não responde, sai de perto e fica ainda mais irritada, brigando por qualquer coisinha que a gente faça.

Ontem, eu disse a ela que quero um quarto só para mim, que a gente podia arrumar um inquilino para este apartamento e alugar um outro com três quartos para nós.

Ah, preciso dizer qual foi a resposta da dona Gabriela?

Mas eu digo: depois dos berros que eu já estava esperando, ela encerrou o assunto me mandando falar com o meu pai e pedir isso a ele, acrescentando:

– Você está pensando que dinheiro dá em árvore? É só seu pai nos pagar uma pensão melhor, que eu alugo, sim, com o maior prazer, um apartamento não apenas com três, mas com quatro quartos!

Talvez eu faça isso, qualquer dia desses.

Domingo, 19 de agosto

Não sei o que essa francesa vê em mim! Ela não para de me olhar – e, quando imagina que estou distraída, parece que olha dobrado! E sempre de um jeito vazio, como se estivesse pensando em outra coisa.

O que será que passa pela cabeça dela? Será que me acha muito feia? Bonita é que não há de ser, pela cara esquisita que faz...

Não contei para você sobre as pinturas dela, com as quais encheu as paredes da casa. Não pretendia dar a essa criatura o gostinho de falar aqui sobre os quadros que pinta, mas não resisto! Gosto de desenhar e entendo do assunto, então sou obrigada a admitir que a danada desenha e pinta muito bem. Seus quadros são realmente bonitos! Ela adora pintar o que chama de "rosto de gente", no seu português esquisito, e disse que vai fazer um quadro meu e um da Jandira assim que acabar o do meu pai, que já é o segundo que ela faz, pois tem um na sala de estar.

Nessa tela, meu pai está engraçado, não é do jeito que eu o vejo – mas é ele, entende? A pintura é meio nebulosa e de uma cor esquisita, amarelo demais, como se tivesse um grande sol dourado batendo em cima. Você não vê o rosto dele direito, mas *é* ele! Muito doido. Mas é legal.

A maioria dos quadros dela é assim: você olha de perto, não distingue quase nada, precisa ver de longe para distinguir as coisas. E tudo muito colorido! O que ela mais pinta, além dos retratos (como meu pai diz), são as ruas de Paris.

Será que vai começar a pintar as ruas de São Paulo, agora?

Segunda-feira, 20 de agosto

O que tem de planta naquela casa! A francesa adora samambaias e violetas, e encheu a casa com elas. Sem falar nas outras plantas cujo nome não sei. Tem de regar todo dia, um trabalhão, mas ela gosta de fazer isso pessoalmente.

Li que na Europa as pessoas adoram plantar, mas aqui acho que não é todo mundo que curte, não... Minha mãe, por exemplo, não tem dessas frescuras. Na minha casa quase não tem flor – e o pouco que tem é de plástico. Ninguém precisa cuidar, nem regar, nem nada. A dona Gabriela é uma mulher prática.

Quinta-feira, 23 de agosto

Como ficou bonita a decoração da casa do meu pai! Isso sou forçada a reconhecer, mesmo porque a Fefê é também decoradora. Em cada canto, ela pôs um detalhe delicado e chique.

Imagine a grana que o meu pai não gastou! Não é à toa que ele não tem dinheiro para nós, ela chegou na frente e levou tudo!

Sexta-feira, 24 de agosto

Estamos esperando meu pai, que vem nos buscar para ir à casa dele. Minha mãe vai viajar e pediu a ele que cuidasse de nós.

Pomba, aonde ela tanto vai? Ela tem saído muito ultimamente... Num dia, diz que vai dar plantão na imobiliária; no outro, que vai encontrar as amigas; no seguinte, que elas vão ao *shopping* e ao cinema – e eu que nunca vi a minha mãe gostar de cinema! Verdade que não comenta nada do filme... Acho que é onda. Ela vai só ao *shopping*, embora não esteja comprando nada, mas isso eu entendo, porque a gente está sem dinheiro.

Esta semana, disse que as amigas a convidaram para ir a Campos do Jordão. Eu comentei que ela reclama tanto que não tem dinheiro, agora vai ficar em hotel e comer em restaurante? Ela respondeu que vai ficar na casa de uma amiga da Antônia, de modo que elas não vão gastar nada, só a gasolina e a comida, que vão comprar no supermercado e dividir a conta. Viagem barata.

Sábado, 25 de agosto

Continuo sem falar com a francesa e assim será para sempre.

Na hora do almoço, aproveitei para conversar com o meu pai sobre aquela ideia que tive do apartamento. Ele respondeu que dá todo o dinheiro para a minha mãe e que ela deve administrá-lo do jeito que achar melhor.

Briguei e até chorei de tanta raiva: por que ele tem de ser tão ruim para aquela coitada? Com a Fefê ele gasta dinheiro, basta olhar para esta casa, mas com a minha mãe é a mesma economia de sempre!

Miserável, pão-duro, cretino!

Eu queria morar nesta casa com a minha mãe e o meu pai juntos, ter um quarto com banheiro só para mim e não ficar aturando a Jandira e seus puns fedorentos! Um saco aquele quarto cheio de bonecas! Parece que eu também sou criança! Sem falar que ela está sempre grudada na Internet e preciso brigar para usar a minha parte! Acho que vou pedir um computador só para mim também!

Estou com tanta raiva que não consigo escrever! Vou ligar para a Jussara.

Domingo, 26 de agosto

Ontem, eu disse um monte para o meu pai! Disse que ele é um péssimo pai, que nunca ligou para a gente, que para ele tanto faz se estamos bem ou mal, que ele só se preocupa com o trabalho dele e mais uma porção de verdades. Ele ficou arrasado, mas a francesa entrou na conversa e sabe o que ela teve a petulância de dizer?

Pasme, diário, ela disse, não assim, bonitinho, mas tudo errado, aquela idiota, com o meu pai traduzindo o que ela não sabia falar numa língua decente:

– Isabela, seu pai e sua mãe escolheram um modelo de casamento tradicional, em que a mulher cuida do lar e dos filhos, enquanto o homem ganha dinheiro e sustenta todo mundo. É injusto culpá-lo por fazer o que combinou com ela, antes de você nascer. Além do mais, veja bem, ele continua pagando tudo para vocês, continua dando atenção a vocês e não fugiu de nenhuma das suas responsabilidades.

Fiquei com ódio dela! Aquela cretina não tem nada de se meter nas nossas conversas! Mesmo porque ela dá a maior asa para o meu pai! Antigamente, quando eu falava essas coisas, ele quase chorava; agora, com aquela Fefê do lado, o bobão fica todo macho!

Idiota! Será que ela pensa que eu gosto de ir para aquela casa? Fico com raiva em dobro, isso sim! Eu queria mesmo é que ela morresse, sumisse ou brigasse com ele e voltasse para a casa dela, que é bem longe daqui! Droga, eu só queria que tudo voltasse a ser como era antes!

Aquela porcaria da Jandira é outra que me deixa maluca: só sabe abaixar a cabeça e chorar! Quase bati nela, depois, no quarto! Se ficasse do meu lado, nós duas calaríamos a boca daquela francesa fedida!

Já tinha me acalmado, mas fico com raiva de novo quando me lembro.

Mais tarde: Estou aqui esperando chegar o melhor momento do dia: a hora de ir para a minha casa!

Passei a tarde deitada na espreguiçadeira, conversando com a Juliana e a Teresa, vizinhas aqui da casa. Elas são muito legais. A Juliana tem 14 anos, mas é alta e parece que tem 16. A Teresa é menor do que a Jandira, mas não é gorda que nem aquela pamonha.

Minha nova amiga diz que já foi a Paris e que a cidade é linda. Duvido.

Terça-feira, 28 de agosto

Estou atormentando a minha mãe: quero um quarto só para mim! Se o meu pai pode pagar uma casa daquelas, tem de poder pagar um apartamento que tenha um quarto só meu! Não aguento mais ficar dividindo coisas com aquela menina chata, que parece que não sai do meu caminho!

Exijo um computador também! Não dá para ficar dividindo essas coisas com irmã! Quero fazer um trabalho da escola, lá está ela jogando! Quero pesquisar na internet, lá está ela jogando! Quero entrar num *chat*, lá está ela jogando! Arre!

Dou uns berros com ela, mas a minha mãe sempre entra na briga e dá razão para a coitadinha.

Ora, para resolver esse problema, é muito fácil: basta providenciar um quarto e um computador só para mim. Ela pode ficar com o resto da casa.

Quarta-feira, 29 de agosto

Mais briga por causa do quarto e do computador. Hoje, troquei uns cabos de lugar e a Jandira ficou sem o seu brinquedo favorito. Fiz de propósito, para ver se ela sai um pouco da minha frente. É claro que ela azedou toda, ficou naquele mau humor que a gente já conhece e eu disse:

– Por que você não aproveita e estuda um pouco, sua burra?

Diário, essa menina não estuda nada! Quase rodou no ano passado e meu pai ficou uma fera. Minha mãe disse que a culpa era dele, que ele deveria ter estudado com a Jandira, ele gritou que, primeiro, precisava ao menos ser informado de que a menina não estava bem na escola, ela berrou que era inútil falar sobre qualquer coisa desta casa, já que ele não se interessava por nós, e teve outra briga feia, mas ele já não estava mais morando aqui, de modo que foi só ele bater a porta e sumir, deixando a minha mãe brava para encher bastante o saco da gente!

Nem preciso dizer que aquela gorda estúpida não estudou coisa nenhuma e eu tive de devolver o cabo ao seu lugar, escondido, é claro, senão ia ter mais *show*!

Quero um quarto só para mim!!!

Sexta-feira, 31 de agosto

A Aline vai a Paris e o meu pai nos convidou para ir com ele levá-la ao aeroporto. Depois, a gente iria ao McDonald's, por isso eu topei.

Acabamos comendo um hambúrguer no aeroporto, mesmo, porque não tinha trânsito e chegamos cedo demais. Eu pensei que ele só fosse deixar a princesa, mas que nada! Ficamos lá esperando... Um saco!

A despedida foi de dar nojo! Como aqueles dois se beijam e se esfregam um no outro! Qualquer dia vão se distrair e fazer sexo na nossa frente! É um tal de *mon amour* pra lá, *mon chouchou* pra cá, *mon bijou* no meio, eca, que nojo, argh!

Nunca vi o meu pai tratar a minha mãe daquele jeito!

Domingo, 2 de setembro

Este final de semana foi pior do que os outros. Fomos para a casa do meu pai. Choveu o dia inteiro de sábado e um pouco hoje de manhã. Não fizemos nada e fica aquele dia comprido, comprido... Nem a Juliana estava em casa, viajou.

Sem a francesa, meu pai fica chateado e enfia a cara na televisão. Eu até gostava de ir ao apartamento dele naquele tempo que a gente fingia que não sabia que ela existia, porque o meu pai não ligava para as nossas bagunças. Só mandava arrumar na hora de vir embora, então, bastava socar metade no meu armário de lá e a outra metade na mochila, para a minha mãe arrumar. Agora, acabou! Ele resolveu exigir que a gente não deixe mais nada esparramado pela casa, como se a insuportável estivesse junto – e aí parece que ela está mesmo, com aquele olhão azul vigiando tudo e caçando defeito na gente para mandar o meu pai corrigir.

E por hoje chega! Vou dormir, amanhã tenho de levantar cedo.

Segunda-feira, 3 de setembro

Acabei de brigar com a minha mãe de novo: quero um quarto só para mim!!! Não vou mais dormir com nenhuma menina boba num quarto com cheiro de pum! Não quero bonecas no meu quarto! No máximo, meus bichos de pelúcia – e isso se não enlouquecer e sumir com todos eles! Não sou mais criança, quando será que vão entender isso?

Terça-feira, 4 de setembro

Telefonei para o meu pai, mas ele está viajando e só volta no domingo. Ele perguntou o que eu queria e eu disse que quero um computador e um quarto só para mim. Ele respondeu que conversaremos quando ele voltar.

Quinta-feira, 6 de setembro

Já não sei mais o que é pior: ficar com o meu pai e a francesa (Chatice I) ou com a chata da minha mãe (Chatice II).

Este vai ser a Chatice II. Meu pai viajou para o Rio a trabalho, mas vai emendar com o feriado. Mamãe parece mais irritada do que nunca! Deve ser porque não vai poder sair com as amigas.

À noite: Minha mãe acaba de anunciar que nós vamos para a casa da minha avó, em Jaboticabal, no interior de São Paulo.

Ai, ai, ai, tudo o que eu queria na minha vida era poder ficar em São Paulo e encontrar o Mateus... Até tentei não ir, mas a minha mãe nem me deu oportunidade de falar e disse que eu tenho de visitar a minha avó que está doente.

Boa viagem, Chapeuzinho Vermelho! Espero que você encontre um lobão bem charmoso no caminho!

Segunda-feira, 10 de setembro

Puxa, diário, me arrependi de não ter levado você, porque senti muita vontade de escrever. Se bem que nem tive muito tempo: meus primos estavam lá também. Embora sejam crianças, gosto deles. Fiquei de babá, mas foi legal. A Jandira brincou um monte.

Minha mãe ficou cochichando o tempo todo com as irmãs dela. Aposto que falou horrores do meu pai. Deve ter reclamado o de sempre: que ele é egoísta, que não liga para a gente, e que agora, com aquela metida a besta da Fefê, blá, blá, blá... Ela nem conhece a francesa, mas não perde uma oportunidade de falar mal dela!

Minha tia contou que encontrou com a Aline e o meu pai no shopping, e a minha mãe perguntou se ela era tão bonita quanto as pessoas dizem. Minha tia respondeu que sim e levou um xingo da minha mãe, que saiu, batendo a porta.

Quando viu que eu tinha ouvido a conversa, minha tia falou:

– Mas ela é bonita mesmo, não é, Isabela?

– É horrorosa! – respondi, saindo também.

Terça-feira, 11 de setembro

Queria contar mais da viagem, mas estou com preguiça. Já falei tanto desse povo nos outros cadernos...

Vou fazer uns desenhos deles, porque, decididamente, não estou a fim de escrever hoje!

Sexta-feira, 14 de setembro

Dia da Chatice I, só que sem a francesa. A Jandira e eu jantamos lá.

Acho a Chatice I pior do que a Chatice II. Pelo menos, aqui, no apartamento, eu tenho todas as minhas coisas no lugar. Sem falar que a mamãe não fica enchendo, é só eu ficar quieta que ela me esquece.

Espero que faça um fim de semana ensolarado e que a Juliana esteja em casa.

Sábado, 15 de setembro

Falei de novo do quarto e do computador. Meu pai disse que, se eu usar o dinheiro da minha poupança, posso comprar um computador. Acontece que eu só tenho a metade, então, pedi a ele que me desse a outra parte. Depois de muita conversa, ele concordou em me ajudar. Sugeriu que eu convencesse a Jandira a me deixar usar o dinheiro da poupança dela; o que faltasse, ele completaria.

Ainda bem que a francesa não estava ouvindo tudo, como ela sempre faz, sem dizer nada. Tenho certeza de que ela faria o meu pai mudar de ideia assim que eu virasse as costas. Ha, ha, ha, desta vez ela não vai ter a chance de estragar os meus planos!

Hoje à noite tem festa. É o aniversário da Estela. Não sei com que roupa eu vou. Queria comprar uma calça jeans nova, mas a minha mãe não tem dinheiro. Pensei em pedir ao meu pai, mas aí pode ser que ele resolva ir junto para comprar e... bem, não estou a fim. Além do mais, ele detesta shopping no sábado, deixa pra lá.

A Jandira também vai a uma festa, mas a dela, claro, é à tarde.

A Estela disse que convidou uma porção de garotos.

Será que ele vai?

E o que é que eu faço com esse raio de cabelo enrolado???

Domingo, 16 de setembro

A festa foi sem graça porque ele não foi. Fiquei conversando um tempão com o Cláudio, um garoto que tem uma juba cheia de cachos na cabeça e acha o máximo. Ele contou que, na primeira vez que foi sem boné na escola, todo mundo ficou olhando, e o professor de física lhe deu o apelido de "Cabeleira".

– Mania que as pessoas daqui têm de achar que cabelo bonito é cabelo liso! – disse ele. – Eu também achava, cheguei até a fazer chapinha, mas agora mudei de ideia. Todo cabelo é bonito, depende de como o dono ou dona cuida dele.

Não sei se o garoto falou isso por causa do meu cabelo crespo – acho que não, porque fiz uma escova e ele tinha ficado lisão! – mas ele era bem divertido. Dei muita risada com as piadas que ele contou. Uma delas, sobre um cara muito pão-duro, me fez lembrar dos meus pais brigando por causa de dinheiro.

Sempre achei o meu pai muito pão-duro. Minha mãe vivia dizendo isso e ele reforçava a ideia quando implicava com as compras dela, mas agora estou desconfiada de que pão-duro é ela (existe pão-dura?). Com essa mania de comprar em liquidação, por exemplo, acho que ela acaba gastando só com bobagem e ficando unha de fome com o que é realmente necessário. Além do mais, cada um parece que gasta seu dinheiro de um jeito diferente. É fácil ser pão-duro com os gastos dos outros!

Agora, se o meu pai era sovina como ela dizia, juro que deixou de ser!

Vai ver que é porque a Aline é rica.

Depois: Hoje até que não foi um dia muito ruim. Com o sol brilhando, deu para lagartear um pouco na beira da piscina da Juliana. Minha irmã também se acertou com a Teresa, mas ela se ajeita bem com qualquer pessoa; portanto, digamos que isso não seja lá uma grande novidade.

Terça-feira, 18 de setembro

Continuo enchendo o saco da minha mãe com essa história do quarto só meu. O computador já está resolvido, é só convencer a Jandira, e eu estou investindo, bem devagar, mostrando para ela as vantagens de não precisar dividir um e de poder usá-lo toda vez que quiser. Vamos ver.

Sexta-feira, 21 de setembro

A Juliana me convidou para ir à casa dela, mas a francesa voltou de Paris e o meu pai desconversou, acho que quer ficar sozinho com ela. Essa é muuuito boa: ele vive me levando para lá, quando eu não quero ir; hoje, que eu queria, não dá. Um saco! Um nojo!

Olhe, quer saber de uma coisa?

O pai da gente deveria ser obrigado a viver com a nossa mãe pelo resto da vida! Diário, isso não é justo: o cara escolhe uma mulher para ser a mãe da gente; depois, ele muda de ideia e a gente é que paga o pato?

Domingo, 23 de setembro

Não fiz nada de especial, não aconteceu nada, só o de sempre.

Minha mãe não me aguenta mais com a história do quarto só para mim, mas vou encher até ela concordar!

Ela não para mais em casa, é incrível! Virou, mexeu, rua! Aonde será que ela tanto vai? E o que será que anda fazendo por aí?

Terça-feira, 25 de setembro

Enchi a minha mãe com aquela história do quarto de novo! Briguei, chorei, gritei, falei um monte para ela! Então, ela resolveu que a Jandira ia se mudar para o quarto dela, mas aquela chata fez um escândalo maior do que o meu e não aceitou. No final, eu me tranquei no *meu* quarto, as duas ficaram batendo na porta, um *show*, mas nada ficou resolvido.

Quinta-feira é aniversário da Jussa. Ela vai fazer uma festinha na própria quinta, porque parece que todo mundo tem o que fazer nos fins de semana – menos eu, claro, mas isso não vem ao caso. Ela disse que não vai ser nada de fantástico, mas convidou todo o pessoal do colégio, vai ter música para a gente dançar e eu espero que, desta vez, o Mateus vá.

Amanhã vou ter de começar a pensar o que fazer com esse raio de cabelo crespo de novo. Odeio esse ninho de pardal! Qualquer dia, enlouqueço e faço que nem uma menina da oitava: raspo a cabeça! Ela também vivia brigando com o cabelo e resolveu o problema cortando o mal pela raiz, literalmente. Ficou engraçado, mas não achei feio, não.

Quero ver se arranco uma grana da mamãe para comprar uma roupa nova também, nem que seja só uma blusinha!

Sexta-feira, 28 de setembro

Grandes novidades: beijei o Mateus!

A festa da Jussara foi legal. Meu cabelo melhorou – não muito, que a coisa aí é feia, mas deu para enrolar. O Mateus estava lá e eu fiquei num canto trocando uns beijinhos com ele. Foi o máximo, porque eu estava a fim dele e ele de mim, então as coisas aconteceram sozinhas. Ele foi chegando perto, puxou conversa, nos afastamos um pouco dos outros, rolou.

Ai, a boquinha dele é d++++++++!

Achei gostoso, mas um pouco estranho. Primeiro, foi selinho, que virou selão e, no final, até beijo de língua trocamos. Bem, preciso confessar que não sabia o que fazer com a minha língua, então ficava encostando na dele. Percebi que ele também não sabia o que fazer com a língua dele nem com a minha e começamos a rir. Ninguém ficou explicando nada, estava na cara que era a primeira vez para nós dois, e isso tornou as coisas mais interessantes.

Na hora, fiquei com medo de que ele me achasse uma idiota, já que eu não sabia o que fazer, mas ele curtiu e, então, relaxei e nos beijamos um monte!

Que delícia! Quero mais!!!

Tirando isso, eu diria que a festa foi o de sempre, mas foi boa.

Consegui ganhar a tal blusinha que queria, mas de que adianta, se fica tudo vazio no lugar dos peitos? Eu queria ter um peitão bonito, cheio, fazendo curva no meio, com aquele belo reguinho aparecendo no decote. Mas qual! Nada parece combinar com esse meu corpo de campeã de natação!

Sábado, 29 de setembro

Estou na casa do meu pai. Chegamos ontem à noite, mas vieram uns amigos da poderosa, e a Jandira e eu ficamos quietas, assistindo televisão, enquanto eles conversavam em francês. Meu pai fala francês só um pouquinho, mas consegue acompanhar os papos. Às vezes, a Aline traduz para ele e fala em inglês, e aí eu entendo. Não que esteja realmente interessada, você sabe, mas gosto de prestar atenção, para ver se não estão falando mal de nenhuma de nós.

Ganhei outro perfume francês, ou melhor, um conjunto de três, mais parecendo canetas, numa embalagem bonita. Gostei. Até agradeci. E abri na hora.

A Jandira chegou chateada, porque não tinha nenhuma amiga para brincar com ela, e a Fefê, com o seu português atrapalhado, sugeriu que a minha irmã convidasse uma amiga para lhe fazer companhia.

A Jandira pediu ao meu pai que fosse buscar a Lúcia em casa, mas ele ficou bravo e disse que não, que estava cansado, que o pai dela a trouxesse.

Ouvi a voz da francesa conversando com ele e liguei as antenas:

– Coitadinha da Jandira, não custa nada... – a fingida miava.

Meu pai respondeu que não queria pegar trânsito, mas já falou mais manso. Então, a francesa disse que, se ele cuidasse dos canapés, ela iria. Após mais alguma conversa que eu não entendi direito, meu pai resmungou "tudo bem".

Mas ele ficou bravo de novo: já estava de pé, quando a Jandira disse que ainda não tinha convidado a Lúcia.

– Telefone para ela – disse a francesa, sem dar bola para a braveza dele.

Infelizmente, ela não podia vir, tinha uma festinha. Minha irmã ficou triste e meu pai insinuou que a culpa era da francesa, porque ela tinha inventado de sugerir que a Jandira convidasse uma amiga. Desta vez, quem ficou brava foi a Aline:

– *Mon amour*, eu não tenho nada com isso! Para ela não ficar sozinha, eu...

Meu pai a interrompeu:

– Mas agora a Jandira está chateada...

Quer saber de uma coisa?

Concordo com o meu pai: a culpa é daquela enjoada! Era só ela ter ficado de boca fechada! Bem que a minha mãe fala que essa mulher detesta a gente!

Domingo, 30 de setembro

Hoje de manhã, de novo, teve briga por causa da toalha. A Jandira não aprende: quer tomar banho de banheira e usa a toalha da francesa, que ela já cansou de dizer que não é para usar.

A nojenta fez o maior escândalo no canto do quarto, cochichando com o meu pai, depois repetiu, tudo errado como sempre, mas bem devagar, que é para ver se a gente entende, que é para pegar uma toalha limpa no armário.

Minha irmã ficou irritada e resmungou:

– Na minha casa eu uso qualquer toalha, não tem essa frescura, não!

A Fefê ficou surpresa, pensou que não tivesse entendido direito e pediu explicações. A Jandira confirmou:

– Quando quero tomar banho, vou para o banheiro e me seco com a toalha que estiver na minha frente.

Horrorizada, a mulherzinha desatou a falar sobre a falta de higiene que isso significa e terminou dizendo que, na casa dela, não existe isso de "toalha coletiva", e muito menos com a toalha dela.

Depois eu ouvi quando ela conversava com o meu pai:

– Eu poderia simplesmente colocar minha toalha para lavar e pegar outra para mim, mas, *mon amour*, não está certo, você precisa educar essas meninas.

Mulherzinha besta!

Resolvi o meu problema de outro jeito: não tomo banho lá. Um dia ou dois sem banho não matam ninguém. O que salvou o fim de semana foi a piscina da Juliana, onde ficamos um tempão, tanto no sábado quanto no domingo.

Segunda-feira, 1.º de outubro

Quando chego neste apartamento, começo a brigar com a minha mãe: quero um quarto só para mim!!! Não é um desaforo eu ter de aguentar a Jandira, enquanto meu pai e a francesa estão esparramados naquela casa enorme?

Eu acho! E você me faça o favor de achar também, porque você é meu diário e tem obrigação de concordar comigo! Já chega que as minhas amigas agora resolveram dar razão para a francesa em tudo o que eu reclamo! Olhe, aqui eu tenho razão sempre. Todo dia. Toda hora. E, se você tem uma opinião só sua, ela não me interessa – tem de ser igual à minha! Sempre, entendeu?

Pois então, como eu ia dizendo, quero um quarto só para mim. E depois, vou querer uma cama nova. Minha parte na bicama pode ficar para as visitas. E quero uma mesa também, onde vou colocar meu computador novo.

Terça-feira, 2 de outubro

O Mateus me olhou diferente na aula e eu receei que todos percebessem e adivinhassem o que aconteceu, mas foi tudo normal. É claro que contei para a Jussa, e ela ficou me fazendo um monte de perguntas.

Na hora do recreio, ele ficou conversando comigo e acabamos indo para um cantinho aconchegante, longe dos olhares das pessoas, e trocamos mais uns beijinhos, assim, meio escondido e apressado, mas foi legal.

Quarta-feira, 3 de outubro

Diário, eu odeio essa mulher!!!

Queria falar com o meu pai e liguei lá. Ela atendeu:

– Me passa o meu pai – eu disse.

Ela fingiu que não sabia quem era.

– Pois não? Com quem você quer falar?

– Quero falar com o meu pai – repeti, mais devagar, porém fui bem seca.

– Quem vai falar, por favor? – perguntou ela.

Não pude deixar de ficar com raiva, mas pensei que ela estivesse confundindo a minha voz com a da minha irmã e disse o meu nome.

– Ah, é você, Isabela? – exclamou ela, toda alegre, como se eu fosse a sua maior amiga. – Como vai, tudo bem? Olhe, vou lhe ensinar uma coisa educada. Quando você ligar aqui, diga: "Boa noite, Aline, aqui é a Isabela. Como vai você? Posso falar com o meu pai, por favor?" – a mostrenga fez questão de frisar o "boa noite" e o "por favor".

Fiquei com tanta raiva que bati o telefone na cara dela.

Mas eu precisava falar com o meu pai e o celular dele estava desligado. Era urgentíssimo. Não tinha outro jeito: liguei de novo e fui obrigada a falar:

– Boa noite, Aline, como vai? Aqui é a Isabela. Posso falar com o meu pai, por favor?

Usei toda a ironia de que fui capaz, mas se ela percebeu não ligou, porque respondeu bem normal:

– Oi, Isabela. Seu pai não está, mas quando ele chegar eu digo para ele ligar para você, certo?

Quando fala português, ela parece um robozinho que decorou a lição. Eu resmunguei "obrigada" e grunhi um "tchau".

Não era só o que me faltava?

Mais tarde, falei com o meu pai que queria um quarto só para mim, um computador e uma mesa. Ele respondeu que o computador já estava resolvido e que a mesa ele me dá. Quanto ao quarto, resmungou o de sempre:

- Vamos ver.

Sexta-feira, 5 de outubro

Vitória!!!

A Jandira concordou em usar o dinheiro da poupança dela. O computador novo vai ficar sendo nosso, como já era o velho. Teremos dois computadores "nossos", mas é claro que ele é mais *meu*, porque fui eu que tive a ideia e convenci todo mundo do que eu queria, quer dizer, tenho de falar "nós queríamos", para a Jandira também se sentir envolvida com o "nosso projeto".

Sábado, 6 de outubro

Compramos o computador de manhã. Meu pai passou a tarde inteira instalando os cabos. Uau, que trabalhão! Mas foi bom porque ele ficou um tempão aqui em nossa casa. Como sempre, a minha mãe não estava. Eu fiquei em volta dele, ajudando no que dava. A Jandira também ficou rodeando a gente. Tudo bem, tenho de fazer com que ela sinta que o computador é dela também. Não posso reclamar. Mesmo porque ela não nos atrapalhou em nada.

Minha mesa nova é lindona, adorei. Escolhi uma madeira clarinha, porque pretendo comprar uma cama assim. Já está combinando, embora o conjunto ainda esteja só na minha cabeça.

Só falta o quarto! Mas ele virá, pode apostar!

Domingo, 7 de outubro

Passei o dia curtindo meu computador novo. Fiquei ouvindo música nele e desenhando em cima da cama, depois mandei *e-mails* para todo mundo, papeei nos *chats*... Ai, como é bom ter um computador só para mim!

Pena que ainda tenha de aturar aquela grudenta no meu pé, quer dizer, no meu quarto! Vai ser muito bom quando eu puder ficar aqui realmente em paz!

Você acredita que eu estava tão entretida que nem vi a minha mãe hoje?

Ela agora nem fala mais aonde vai, só diz que vai sair ou simplesmente some. Na primeira vez fiquei preocupada, mas nem ligo mais. Ela já falou que sai com as amigas, que aproveite! Antigamente, ela era tão sozinha... Eu acho é ótimo que esteja fazendo amizades.

E ainda tem outra vantagem: ocupada com as amigas, ela me esquece, o que quer dizer exatamente: não grita, não xinga, não cobra, não reclama, não fala mal do meu pai nem da francesa. Resumindo, não me enche o saco!

Segunda-feira, 8 de outubro

Para comemorar a compra do meu computador novo, atormentei mais um pouquinho a minha mãe para ter um quarto só meu. Não posso afrouxar, porque ainda vai demorar: precisaremos primeiro alugar este apartamento para depois procurar um outro maior para nós. De qualquer maneira, acho que para ela, que já trabalha no ramo de imóveis, isso não vai ser difícil.

Terça-feira, 9 de outubro

Minha mãe não me aguenta mais e resolveu: vai me dar o quarto dela e passar a dormir na sala!

A Jandira já tinha falado que, assim como eu, ela também queria um quarto só para ela. Ficou resolvido, então, que ela vai ficar no quarto em que já está e eu vou mudar para o da minha mãe. As roupas da mamãe vão ficar no mesmo armário, que tem espaço de sobra, porque ela e meu pai guardavam ali as coisas dos dois.

Acho que agora ela vai ver como é ruim dormir na sala e terá de alugar rapidinho um apartamento de três dormitórios para a gente!

Quarta-feira, 10 de outubro

Fizemos a mudança. Agora eu tenho um quarto só para mim!!!

Sempre dormi com aquela moleca boba. Morria de inveja quando via as minhas amigas com um quarto só para elas. Aliás, o meu sonho sempre foi ser filha única. Acho que cada casal deveria ter somente um filho ou filha. Imagine que horror ter uma penca de irmãos mexendo em tudo o que é da gente! Uma só já me basta!!!!

Mas agora ficou legal. Absolutamente *cool*! Posso chegar, ligar o som e o computador sem ninguém ficar reclamando de nada! Posso conversar com as amigas ao telefone sem que ouçam as minhas conversas. Ninguém vai mexer nas minhas coisas, mudá-las de lugar ou mesmo tocar nelas. Não preciso mais esconder meu diário para que ninguém o leia. Estou em paz...

Ah, as delícias de "morar" sozinha num quarto... Só quem tem uma irmã sabe me compreender.

Domingo, 14 de outubro

Estou sozinha aqui na casa do meu pai. Ufa, pelo menos assim não tenho aquele olhão azul fincado em mim! Ele e a insuportável saíram para levar a Jandira na casa da Lúcia. Tomara que demorem. Gosto de ficar aqui sem ninguém por perto. Não mexo nas coisas da Fefê, mas adoro ficar olhando e, às vezes, até pegar só um pouquinho. É claro que deixo tudo no mesmo lugar, senão ela pode implicar, mas gosto principalmente dos perfumes dela. Ah, eles são tão cheirosos... E os vidros são tão bonitos...

Os cremes também são interessantes. Toda noite, ela tem um ritual para lavar o rosto com eles. Faz massagens e umas frescuras desse tipo, mas desta vez acho que ela tem razão, a gente precisa cuidar da pele. Até já comprei uns cremes para mim também. Não são iguais aos dela, mas têm as mesmas funções. E estou fazendo igual.

Outra coisa que eu gosto de ver são as calcinhas e os sutiãs da figura. Tudo de renda, tudo bonito, chique e cheiroso, ela enche as gavetas de sachês perfumados, uma delícia!

Quarta-feira, 17 de outubro

Desencanei um pouco do Mateus. Estou meio sem tempo para ficar pensando nele, tanta coisa que tenho na minha cabeça. Quando dá, a gente ainda troca uns beijos, mas não é mais "aquele" desbunde, como diria a minha tia.

Sexta-feira, 19 de outubro

Todos os dias têm sido iguais. Os nervos da minha mãe também.

Tenho desenhado bastante com o lápis preto para treinar. Ontem, comprei telas, pincéis e tinta a óleo. Puxa, é muito difícil pintar! Não consegui fazer nada *cool*. Desisti e voltei para os meus desenhos com lápis de cor.

Meu pai me deu uma cama nova e meu quarto ficou realmente legal. Procurei combinar melhor as cores e os estilos, e o resultado ficou ótimo. Hoje, acho que a decoração mais bonita do nosso apartamento é a do meu quarto.

Troquei a cortina e a colcha também. Minha mãe me deu de presente.

A Jandira não pediu nada, mas está contente. Deve ser porque agora ela descobriu como é bom ter um quarto só para a gente!

Segunda-feira, 22 de outubro

É tudo muito igual na minha vida... Saí com as minhas amigas, neste final de semana, mas nada de especial, só *shopping*, cinema, lanchonete. Tenho escrito pouco, porque ando ocupada com os livros: tenho lido um monte!

Ler é uma delícia! Adoro principalmente as histórias que aconteceram de verdade, no passado. Já li sobre o descobrimento e os primeiros anos do Brasil, amei. Agora estou me divertindo com um livro que peguei na biblioteca da escola, bem velhinho, daqueles amarelados e remendados de tanto que já foram lidos. Chama-se *Os últimos dias de Pompeia* e nem preciso explicar que fala dos dias que antecederam a famosa erupção do vulcão Vesúvio, que soterrou a cidade italiana. Muito d++++!

Se acho um livro envolvente, só quero ficar lendo... E quando leio, esqueço do mundo!

Tenho desenhado menos e quase não tenho tempo para escrever. Também, escrever para ficar me repetindo? Gosto de ter coisas novas para contar.

Sexta-feira, 26 de outubro

Ontem foi o aniversário da minha mãe, 33 anos. Achei que a gente fosse ficar com ela neste final de semana, mas ela disse que as amigas vão oferecer uma festa para ela na praia. "Qual praia", perguntei, e ela disse "Santos". Não entendi nada, porque ela não vai ficar no nosso apartamento de lá. Repetiu que nunca mais põe os pés naquele lugar. Mudei a pergunta para "aonde você vai ficar e com quem vai viajar", e ela respondeu que "na casa de uma amiga que você não conhece".

Estranhei tudo, diário, mas deixa pra lá. Minha mãe disse, eu acredito, fim. Por que ela iria mentir para mim?

Ela fez só um bolo bem simples para nós três, cantamos parabéns para ela e demos os presentes: eu, um biquíni novo, já que ela só pensa em praia, e a Jandira, uma canga que combina com o biquíni.

Mamãe adorou, mas reclamou que está um pouco gordinha para um biquíni tão pequeno, acrescentando que ele vai ser a motivação para ela emagrecer uns quilinhos. Em seguida, se arrumou toda e saiu.

Me tranquei no quarto e fiquei pensando no meu pai. Era bom quando ele estava em casa. Era bom quando ele vinha todo dia para casa. Minha mãe estava sempre com a gente e ele acabava chegando, mais cedo ou mais tarde. Agora a gente anda muito sozinha, a Jandira e eu. Meu pai foi embora com a francesa e a minha mãe não para mais em casa, só quer saber de sair com as amigas.

Não aguentei e chorei um monte.

Sábado, 27 de outubro

Viemos ontem para cá. Meu pai fez um churrasco para nós. Convidamos a Juliana e a Teresa e pensei também em convidar o Mateus, mas não quero que ele conheça aquela mulher, então não rolou. Vieram ainda dois amigos deles e um outro casal que eu não conhecia.

Logo de manhã teve mais briga. Eu acho uma frescura essa história de não poder usar o computador e, enquanto eles ainda estavam no quarto, resolvi bater um papo *on-line* e entrei na internet.

A metida ficou brava. Não grita que nem a minha mãe, mas o jeito que ela fala mostra que ela está com raiva.

– Esse computador é para trabalhar! – disse ela para o meu pai. – É com ele que eu ganho meu dinheiro e não posso correr o risco de perder as informações que estão aí! Não quero criança mexendo no meu computador!

Ora, diário, para começo de conversa, esse computador é do meu pai. Já era antes de ela vir morar no Brasil, portanto é meu também. Foi o que eu disse a ela.

Ela não gostou. Discutimos e, quando ela viu que meu pai estava passando para o meu lado e concordando comigo, disse que ia comprar um computador só para ela, enfiou umas roupas numa sacola e disse que ia não entendi para onde.

– Não quero ficar no meio das brigas de vocês! – disse meu pai, furioso. – Já basta tudo o que eu sofri com as brigas da minha mãe com a minha ex-mulher! Vocês duas que tratem de se entender! Enquanto isso não acontecer, ninguém vai a lugar algum! – e passou a chave na porta.

Fui obrigada a conversar com ela, quer dizer, a ouvir a ladainha dela. E ela falou um monte, misturando tudo quanto é língua, para explicar aquilo que a gente já sabe sobre o computador e dizer que detesta brigas e que eu, Isabela, preciso entender que ela não largou tudo de que gostava para viver se incomodando com as mesmas coisas todos os dias.

– Nós podemos ser amigas, Isabela. Eu posso fazer muita coisa boa para você – disse ela.

Citou algumas, tipo me levar e buscar no *shopping* e nas festas, viajar, passear, mas eu não fiquei interessada. Não quero ser amiga dela e deixei isso bem claro, acrescentando que não vou trair a minha mãe.

Ela pediu explicações, eu dei, ela falou que eu deveria buscar o melhor dos dois lados, mas eu nem dei bola para o que ela pensava, porque não me interessa. Jamais vou esquecer que, se não fosse ela, meu pai poderia voltar para a minha mãe e todas as coisas voltariam automaticamente para os seus lugares. A culpa é dela! Era só ela não ter aparecido na vida do meu pai! Ou voltar para o lugar de onde veio.

– Você acha que eu não gosto de vocês? – perguntou ela, de repente. Bem, não sei se foi de repente, mas como eu não estava prestando atenção ao que ela dizia, assim me pareceu.

– Se eu acho? Tenho certeza! – respondi.

– Pois você está enganada, Isabela. Vocês duas são as filhas do homem que eu amo, e só isso já faz com que eu as ame. Acho vocês umas meninas inteligentes, comportadas, gentis – e acrescentou um monte de coisas que eu tenho certeza absoluta de que ela não acha coisa nenhuma!

– Não acredito! – eu disse.

– Pois deve acreditar. Eu não tenho motivo nenhum para não gostar de vocês. Vamos ser amigas? – propôs.

Não respondi, mas já não estava mais com tanta raiva dela. E resolvi que não usaria mais o computador para não ficar dando motivo para brigas.

Terça-feira, 30 de outubro

Uma coisa que deixava a francesa furiosa era quando a gente entrava de repente no quarto deles. Ela acha que temos de bater na porta antes, mas imagine se vou aturar uma frescura desse tamanho! Sempre entrei no quarto da minha mãe e do meu pai quando bem entendesse...

Então, sabe o que ela começou a fazer? Simplesmente passou a trancar a porta com a chave. Agora, não há outro jeito senão bater! E aí eu resolvi que, quando a porta estiver fechada, não quero nada com ninguém daquele quarto e fim! Cretina!

Minha mãe também acha isso um desaforo, mas algumas das minhas amigas dizem que ela tem razão. Ora, foi a conta para eu não falar mais com elas!

Quinta-feira, 1.º de novembro

Este feriado vamos ficar em casa com a minha mãe. Ela não está muito satisfeita. Diz que cuida da gente o tempo todo e, portanto, deveríamos ficar com meu pai quando não temos aulas, para ela também ter direito a folgas e férias. Acho que a francesa não vai gostar...

Eu também prefiro ficar no apartamento, livre daquele olhão azul pregado em mim, com certeza vigiando para ver se não deixei nada fora do lugar.

Minha mãe, nesse ponto, é ótima e não fica pegando no meu pé. Nossa casa pode ficar bagunçada que ela acha normal. Claro que xinga um pouco, mas vai lá e arruma mais ou menos entre um berro e outro.

Diário, não contei sobre o lixo da madame! É uma coisa que me deixa maluca, mas não escrevi sobre isso de preguiça, a história é comprida... Como agora eu não tenho nada para fazer, lá vai.

Ela tem mania de reciclagem e (pasme!) tem sete tipos de lixo!!!

Minha mãe só tem um e é muito mais prático: joga-se tudo dentro do saco plástico, o lixeiro passa e pega três vezes por semana, fim.

Ela, não. Tudo dela tem de ter charme. E dar trabalho para a gente, é claro! Ela resmunga quando a gente joga as coisas no lixo errado, viu? Como se existisse lixo certo – ha, ha, ha!

Vou relacioná-los para você rir um pouco: lixo dos papéis, dos plásticos, dos metais, biológico, de banheiro, comum e dos vidros (ela diz que na Europa ainda se separam os vidros brancos, os verdes e os marrons, viu?). Chega???

Não, separa também papelão, madeira e isopor. E ainda tem as roupas e sapatos velhos, que manda para um hospital de leprosos – pasme de novo! Onde será que ela descobre essas coisas?

O lixo comum é o mais vazio de todos. Ali ela joga os restos de sujeiras em geral. Mas tem de ser coisa *muuuito* suja, porque, se for pouco suja, ela lava para reciclar.

Isso não é mais preocupação com a natureza, como ela diz – não! Já é neurose. Mania. Freud explica.

Toda semana, um homem passa com a carrocinha para pegar alguns recicláveis. O lixo biológico, ela enterra – mas não sem frescura, óbvio!

Funciona assim: ai de mim se jogar uma casca de banana no lixo comum! Ela deve ser colocada num saco plástico especialmente preparado para isso, pois vai para o canto no fundo do quintal, onde já tem uma espécie de cercado, esperando por todas as cascas, caroços e restos de comida em geral. Ali também são postos os galhos da poda das árvores e arbustos, grama cortada e coisas do tipo. Ela vai cobrindo com terra e, depois de um certo tempo, diz que é adubo e mistura com a terra do jardim.

Um dia, ela pediu a Jandira para fazer isso. A pobrezinha tascou com plástico e tudo e a francesa quase teve um chilique, dizendo que o plástico demora tanto tempo para se decompor que "se a frota de Pedro Álvares Cabral tivesse trazido um bebê para descobrir o Brasil e ele usasse fraldas descartáveis, até hoje elas estariam inteiras". Até eu ri!

Ela diz que em vários países da Europa existe um tipo de contêiner onde se joga cada tipo de lixo separado. Tem também o lixeiro certo que pega só o lixo certo conforme o dia da semana, mas acho que isso é na Itália. Na França, as pessoas põem tudo o que é reciclável num mesmo saco plástico e os lixeiros separam, mas precisa estar tudo limpo, daí a mania de lavar as embalagens.

Fanatismo! Como você já percebeu, essa doença não é só dela! Tem muito mais gente neurótica do que se imagina neste mundo... Enfim, essa francesa juntou as neuras ambientais e ecológicas de todos os países e trouxe para o Brasil. E eu que tenho de aturá-las! Quer dizer, eu vivo mesmo é esquecendo e jogando tudo no lixo geral. Mas a figura não reclama: vai lá, pega do lixo errado, lava e joga no lixo certo.

Já a Jandira, aquela puxa-saco, faz tudo direitinho como ela quer e está virando a queridinha dela.

Sexta-feira, 2 de novembro, feriado

Todo mundo está na praia, só nós estamos aqui, socadas em casa. Um dia lindo e ensolarado nos convida para sair e passear, mas eu nem respondo porque estou enfezada com aquela francesa que levou o meu pai embora!

A gente podia ao menos ter ido para Santos! Mas isso foi *antes* – agora a Fefê decretou que não vai dividir o apartamento com a minha mãe. Meu pai, aquele bobão, concorda com tudo, quem não sabe?

Se eu gostasse de Santos, ia brigar um monte! Mas desta vez passa! Fiquei menstruada e não visto biquíni porque tenho medo de que o absorvente "apareça", então acabaria ficando em casa ou só andando por lá, de *short*.

Não tem ninguém em São Paulo, é só olhar pela janela que você vê como a rua está vazia e silenciosa.

Minha mãe também saiu, estamos só a Jandira e eu em casa.

Saco!

Sábado, 3 de novembro

Nada para fazer, nada para fazer, nada para fazer, nada para fazer, nada para fazer... Dá para encher a página com essas três palavrinhas...

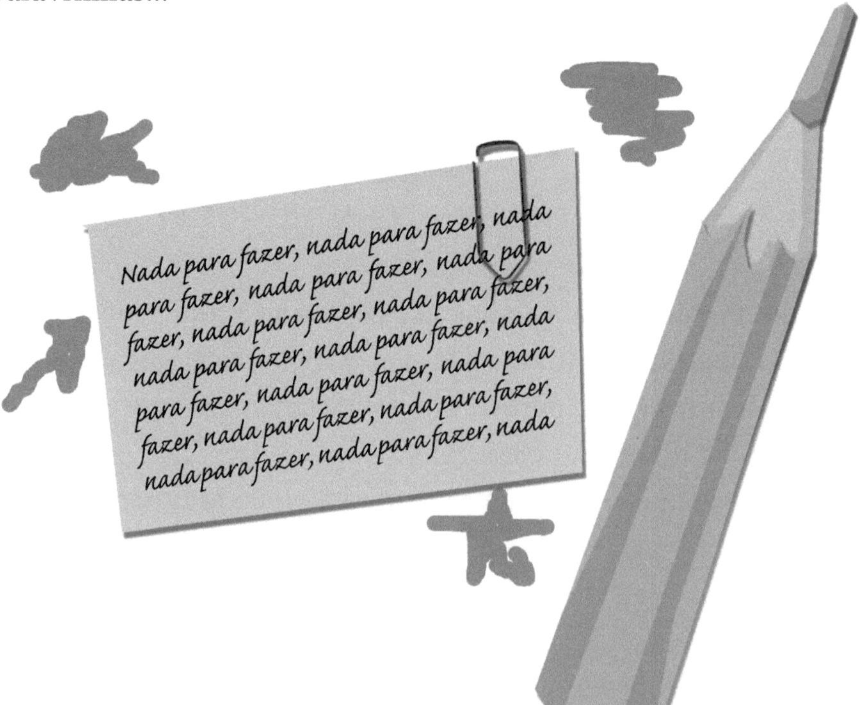

Domingo, 4 de novembro

Fui ao cinema no *shopping* com a Jandira. Assistimos um filme do gosto dela, desenho animado dublado, mas é melhor do que ficar em casa.

Meu cabelo, para variar, está um lixo! Não sei mais o que fazer com ele! Está armado, seco, duro e cheio de pontas! Não queria cortar, mas do jeito que ele está vou acabar não resistindo.

Minha mãe tem o mesmo problema e reclama mais do que eu. Aliás, foi dela que eu herdei essa pérola. Sorte da Jandira que ficou com o cabelo da família do meu pai, muito mais jeitoso... Que diabo, bem que a gente poderia escolher como quer ser, antes de nascer!

Já contei que o cabelo da Aline é liso, mas por mais que eu o descreva, você nunca vai conseguir imaginá-lo: é liso d+++! Aposto que nem um grampo para naquilo, nenhum enfeite, nenhuma presilha, nada! Eu nunca vi. O máximo que ela põe nas madeixas é uma tiara. Ele vive solto total.

Eu estava pensando... Queria bolar um plano para aproximar o meu pai da minha mãe outra vez. Quem sabe, se eu inventar um jeito de fazer com que ele venha aqui em casa, ele não se lembre com saudades do tempo que estávamos todos juntos?

Já sei: vou dizer a ele que preciso que me ensine matemática!

Terça-feira, 6 de novembro

Ontem mesmo meu pai veio estudar comigo. Embora ele tenha feito faculdade, não se lembra mais dos assuntos que estou aprendendo e quase tive de ensinar para ele, para depois ele me ensinar, entendeu? Mas foi bom.

Vi que ele ficou reparando nas mudanças que a minha mãe fez na casa. Apesar de termos ficado com todos os móveis (quando saiu daqui, meu pai foi morar num *apart-hotel*), mamãe trocou algumas coisas de lugar e comprou outras novas também. E colocou um sofá-cama na sala, onde dorme agora.

Espero que a francesa tenha ficado muito aborrecida ao imaginá-lo aqui.

Pena que a minha mãe não estava...

Quinta-feira, 8 de novembro

Hoje ele vem de novo para estudar comigo. Tomara que mamãe faça um jantar bem gostoso e o convide para matar (ou aumentar) as saudades das delícias da dona Gabriela – mesmo porque acho que a francesa não sabe cozinhar! Ela só se preocupa com a beleza e a elegância da mesa, a comida é feita pela empregada. Para "variar", meu pai faz churrasco. Vai ser bom para o coitado comer a famosa comidinha da minha mãe!

À noite: Pomba, a Jandira bem que podia me ajudar!!! Mas ela não dá nem bola para o meu pai. Quando reclamei, a mosca-morta disse que não queria atrapalhar as aulas de matemática. Pode?! Assim não vai ser fácil, droga!

Ele vem de novo amanhã, porque agora que já sei tudo de matemática, eu disse que ele precisa estudar inglês comigo também.

Bem que ele foi convidado para jantar aqui, mas disse que não podia, ia receber alguns amigos em casa. Saco!

Telefonei um pouco para as garotas, não achei ninguém em casa e fui assistir televisão, mas como não tinha nada para ver, fui dormir.

Sábado, 10 de novembro

Este sábado era fim de semana do “sim”, mas vai ser pulado, porque vamos viajar com meu pai para a praia, no feriadão do dia 15. Santos, é claro. Fazer o quê? Eles mandam, a gente obedece. Não vejo a hora de morar sozinha, para só fazer o que eu quiser!

Acho que vamos ficar aqui, de fato, porque a francesa está voltando hoje de mais uma viagem. Como ela viaja! Quem será que paga essas passagens todas? Fácil imaginar... Não é à toa que o cara está sem dinheiro e não pode aumentar a pensão da ex-mulher! Minha mãe já disse isso várias vezes.

Terça-feira, 13 de novembro

Não fiz nada de especial no fim de semana.

Amanhã à tarde, vamos para a casa do meu pai para viajar para Santos à noite. Vai ser aquele saco que a gente já conhece, mas fazer o quê? Temos de ir, porque a minha mãe agora só pensa em sair com as amigas. Fica impaciente quando meu pai demora para nos buscar. E é um tal de viajar que nem conto!

Bem, pelo menos ela parou de gritar com a gente. Quer dizer, diminuiu bastante. A gritaria rolava mesmo era quando meu pai morava aqui em casa. Naquele tempo, ela vivia nervosa e berrava muito com ele, principalmente quando ele chegava mais tarde do trabalho. Minha mãe dizia que ele tinha outra mulher, mas por mais que vasculhasse os bolsos dele, as contas de telefone e tudo que podia, nunca encontrou provas. Ela é muito ciumenta: qualquer mulher que chegasse perto do cara, falasse com ele ou olhasse para ele fazia estourar a brigalhada! Pelo menos agora tem menos escândalo nesta casa.

Quinta-feira, 15 de novembro

Que surpresa, diário! Eu nem sabia que meu pai vinha para Santos com a francesa. E sabe o que encontrei ao chegar? Um apartamento novinho em folha!

Não, não compraram outro, mas ela o reformou inteirinho! Mudou os pisos, os azulejos, a louça do banheiro e da cozinha, os móveis, a cor das paredes, absolutamente tudo! Colocou um sofá-cama lindo, onde vamos dormir, com duas poltronas. Tudo novo. Tudo diferente. A cozinha parece maior, e a mesa da sala de jantar, que agora é redonda, foi parar no canto.

Não sobrou nada do tempo da minha mãe – pratos, talheres, enfeites, roupa de cama e banho, tudo foi trocado! Está tudo brilhando por aqui!

Não resisti e perguntei ao meu pai de quem era o apartamento. Ele respondeu que era nosso: dele, meu e da Jandira, mas que era da Aline também.

– E a minha mãe? – perguntei. – Este apartamento é dela.

Meu pai explicou que, no papel, metade era dela, sim, mas que ela já tinha dito que não queria mais ir lá.

– Quem pagou a reforma e a decoração? – insisti.

No que ele gaguejou, ela entrou na conversa, respondendo do quarto:

– Isso não deve ser preocupação de criança. Dinheiro é assunto de adultos.

O idiota do meu pai concordou com ela e confirmou:

– Não se preocupe com isso.

Não gostei, mas como a minha cara já é normalmente emburrada quando estou com eles, isso não vai mudar nada.

Um último detalhe: tem azul em tudo quanto é lado dessa decoração nova! Acho que ela anda com mania dessa cor.

Sexta-feira, 16 de novembro

Quando caminhamos pela orla, noto que todo mundo fica olhando para ela. Pensei que fosse por causa do cabelo dourado, mas reparei que eles ficam loucos é com os peitões dela. Meu pai fica todo orgulhoso, o idiota e, mais do que nunca, diário, eu odiei esses meus peitinhos sumidos! Eu queria tanto ter um belo par de seios que nem os dela...

Ei, tive uma ideia: e se eu pedisse ao meu pai para pagar uma plástica para mim? Eu poderia colocar silicone e ter os peitos dos meus sonhos!

Será que pode colocar silicone com 13 anos? Vou investigar.

Sábado, 17 de novembro

Estou cansada e com sono, mas quero escrever um pouco.

O sol colaborou e fomos à praia todos os dias. Passeamos bastante. Todas as noites, andamos pela orla, em Santos e no Guarujá. Meu pai tomou cerveja, encontrou os amigos, estava todo contente. Na praia, eu sumo com as garotas. A francesa tem a maior neura de água e fica vigiando a Jandira o tempo todo! Sem falar na preocupação que ela tem com o sol. Também, branca daquele jeito, haja protetor solar!

O cabelo dela nem liga se tem sol, se chove, se está na praia, é sempre liso e impecável. Ela lava, penteia e ele voa. O meu fica um horror com essa areia e esse vento, tenho de prendê-lo na nuca para não embolar muito, e eu detesto meu cabelo preso na nuca!

Não que eu ache a metida realmente bonita, mas parece que as pessoas acham. Quando ela passa, de biquíni, até os garotos babam. Meu pai fica todo orgulhoso, como se isso fosse alguma vantagem. Ela parece que nem dá bola, mas para mim é tudo pose, como sempre.

Fico olhando comprido a nova decoração do apartamento, que nem a francesa faz comigo. E, assim como ela, começo a pensar...

Sou obrigada a reconhecer que a minha mãe trouxe muita tralha para cá. Tudo o que estava velho lá em casa e a dona Gabriela ficava com pena de jogar fora, ela trazia para Santos. No final, este lugar acabou ficando com uma "cara de resto" muito feia.

Também não posso deixar de admirar o jeito com que a francesa põe a mesa. Dá um trabalhão danado, mas fica muito mais bonita e agradável: ela faz questão de que todos os pratos sejam iguais, assim como os talheres e copos. Tem lugar certo para todos eles. Acende uma vela, mesmo de dia, e sempre põe flores frescas na mesa. Ela tem uma porção de enfeites charmosos. Muito chique. Acho que ela é fresca demais, mas no final fica lindo.

Minha mãe tem um estilo prático, sem dúvida, mas o resultado é feio: uma toalha de plástico que não dá trabalho, tipo "passou um paninho, está limpa", copos de geleia e requeijão, que ninguém vai ligar se quebrar, e os primeiros pratos e talheres que estiverem na frente.

Domingo, 18 de novembro

A francesa do meu pai vive mais na capital da França do que aqui. Não sei como ele aguenta isso! Onde já se viu uma mulher que, na frente do cara, fica toda *mon amour* pra lá, *mon amour* pra cá, mas depois some e larga o coitado sozinho?

Ela só pensa em trabalhar. Nisso ela é até pior do que meu pai. Tudo vem depois da carreira dela. Um dia, viaja para fazer um curso; no outro, é porque vai dar um curso. A especialidade dela é restauro. Não sei o que é isso, nem me interessa. Vira e mexe, ela passa um mês inteiro por lá, dizendo que tem uma exposição dos quadros dela ou que vai fazer uma *vernissage* não sei em qual galeria, a decoração do raio que o parta, os desenhos da mula sem cabeça ou a reforma nas manchas do pelo da onça. Qualquer dia vai redesenhar uma perna nova para o saci. Só falta essa, para ver se eu acredito em tanta importância!

Nem sei como ela topou viajar num feriadão comprido desses! Ela vive para trabalhar e trabalha mesmo se for domingo: tranca-se no ateliê e fica pintando durante horas a fio. Estamos aqui há quatro dias inteiros. Vamos embora de madrugada, por causa do trânsito. Ela vai dirigir.

Até que foi legal. Todo mundo de bom humor, todo mundo contente... Até eu melhorei. Acho que é mais fácil ficar calada numa casa grande e num dia de chuva e frio, porque, quando o sol brilha, ninguém consegue ficar emburrado.

Além disso, a Aline melhorou das neuras! Ela não ficou enchendo o nosso saco com aquela mania de tudo no lugar, nem reclamou do que a Jandira espalhou. Verdade que a gente também não deixou muita coisa jogada, não – o apartamento está tão bonito que dá até pena de fazer bagunça nele!

Esqueci de contar que comprei um biquíni com sutiã de enchimento. Adorei! Fica parecendo que meus peitos são maiores, e os garotos não param de olhar.

Mais tarde: Qualquer dia desses eu mato essa Jandira!

Sabe o que ela fez? Nós duas comentamos em particular sobre o tanto que a francesa viaja, e eu disse que achava que era o meu pai quem pagava as passagens para ela. Minha adorável irmãzinha lembrou que a metida é rica, e eu respondi que dinheiro é coisa que acaba. E que, do jeito que ela gasta, haja bolso!

Pois a idiota daquela menina não foi perguntar para ele quem pagava as passagens da Aline? E, ainda por cima, na frente da própria?

Felizmente, a francesa não ficou com raiva. Foi ela quem respondeu:

– Vocês se esqueceram de que eu trabalho? Eu tenho dinheiro para pagar não apenas as minhas passagens, mas todas as minhas despesas. O dinheiro do seu pai é para ser gasto com vocês, não comigo. Eu não preciso.

Ainda bem!!!

E estas palavras valem para tudo: ainda bem que ela paga as contas dela, ainda bem que ela não ficou com raiva, ainda bem que meu pai não brigou com a gente etc. etc. etc.! Ainda bem de novo! Ufa!

Depois que escrevi, até a minha raiva da Jandira passou!

Segunda-feira, 19 de novembro

Acho que eles desconfiaram que eu quero juntar o meu pai e a minha mãe outra vez, porque saiu essa conversa na mesa, e a francesa disse:

– Acho que você deveria dizer a elas o que disse para mim, *mon amour.*

Meu pai nem perguntou o que era, foi logo sapecando:

– Meninas, vocês precisam compreender uma coisa: mesmo que a Aline me deixe, por qualquer motivo, sei lá eu, tudo pode acontecer...

No que ele enrolou, ela entrou de sola:

– Eu nunca vou abandonar você, *mon amour*, mas suponhamos que eu morra, isso é possível, por que não?

– Sim, suponhamos que a Aline morra – ele pegou o gancho. – Uma coisa eu afirmo para vocês: nunca, nunca mais eu voltaria a viver com a Gabriela.

Abaixei a cabeça, me sentindo não apenas infeliz, mas uma perfeita idiota.

– Eu queria tanto que tudo voltasse a ser como era antes... – eu disse, engolindo um pouco da água que brotava dos meus olhos.

– As coisas nunca mais serão como antes, porque elas mudaram – disse a francesa. – Mas isso não quer dizer que devam ser ruins.

– Por que não podem ser melhores? – perguntou meu pai. – Basta olhar para o lado bom das coisas: agora vocês têm duas casas, uma amiga que pode ajudar, que é a Aline, e mesmo um pai mais presente, porque hoje nós ficamos muito mais tempo juntos do que antes, conversamos e passeamos muito mais.

Eu estava pensando nas coisas boas que tínhamos *antes*, quando ouvi a Jandira perguntando ao meu pai se ele gostava da nossa mãe.

– É claro que eu gostei, um dia, quando nos casamos, ou quando vocês eram pequenas. Mas ultimamente eu não era mais feliz com ela – disse ele, com uma sinceridade tão cruel que me doeu.

A francesa entrou na conversa, sempre dona da razão, e falou:

– Sua mãe também não era feliz com seu pai.

– Claro que era! – gritei bem alto. Alto demais.

– Não, não era – afirmou ela, olhando dentro dos meus olhos. – Ela reclamava muito do seu pai.

Pulei feito um cabrito. Como ela sabia? Quem contou isso para ela?

Meu pai citou uma vizinha de Santos e uma das melhores amigas da minha mãe. Parecia a dona Gabriela falando e eu me senti como um cão encurralado no beco. Não consegui segurar as lágrimas e compreendi que era perda de tempo fazer o meu pai estudar comigo.

Terça-feira, 20 de novembro

Hoje, na escola, assistimos a um filme sobre a fome no mundo.

Se há uma coisa que a francesa não suporta é ver comida no lixo. Faz a gente comer tudo o que tem no prato. Não mudou muito para nós, porque nisso ela combina com meu pai, que sempre gostou de servir a gente, dizendo:

– Você pode repetir quantas vezes quiser, mas tem de comer tudo.

Minha mãe nunca ligou para essas coisas. Para ela, a gente come o tanto que quiser e põe no prato o que quiser também. Se comeu, comeu; se não comeu, vai para o lixo e fim. Ela dizia que era implicância dele.

Antes, eu fazia assim: na frente do meu pai, agia como ele queria; quando ele não estava olhando, fazia do jeito que eu bem entendia. Muitas vezes, joguei comida fora só para mostrar que eu faço o que quero, mas agora percebo que ele tem razão: com tanta gente passando fome, comida é coisa preciosa!

Hoje, essa é uma das (poucas) coisas em que a francesa e eu concordamos.

Bem, alguma coisa de bom essa mulher tem de ter, não é mesmo?

Quarta-feira, 21 de novembro

Puxa vida, a semana mal começou e eu já estou chateada!

Meus pais brigaram escandalosamente agora há pouco. Tudo porque ele quer o divórcio, que ela diz que não assina porque não quer ser uma mulher divorciada. Meu pai respondeu que precisa colocar a limpo a real situação deles. Ela gritou que ele queria mesmo era se casar com aquela francesa. Ele nem responde mais. É tudo muito igual.

Eu acho que a minha mãe tem é medo de ficar sem dinheiro, mas o que o divórcio muda nisso tudo? Meu pai até perguntou isso para ela, e ela respondeu que não assina divórcio nenhum, porque, assim, se ele morrer, vai ser tudo dela.

Levei um susto, diário! Falar assim da morte de um cara que está vivo? E que ainda por cima é meu pai? Mas o que mais me chateou foi que, enquanto eu fico aqui fazendo de tudo para trazer o meu pai de volta para a nossa casa, o que faz a minha mãe? Só briga com ele!

Lá na casa dele, é só *mon amour, mon chouchou, mon bijou.* Aqui, é só xingo da dona Gabriela. Assim não vai dar!

Estava escrevendo, tocou o telefone, fui atender. Era o meu pai. Disse que tinha saído daqui sem se despedir de mim porque estava muito bravo, perguntou da Jandira (está na casa da vizinha), pediu desculpas e acrescentou:

– Eu não quero mais ir à casa da sua mãe, Isabela. Então, vamos combinar uma coisa: as suas aulas agora vão ser aqui em casa.

Comecei a resmungar que ia ter de pegar ônibus, que ia ficar difícil para mim, perco tempo, demora, é chato, pensando mais em desistir de uma vez do que em mudar o local, mas ele não concordou:

– Vamos fazer assim: quando eu estiver saindo do escritório, ligo para você e passo para pegá-la de carro. Depois, eu ou a Aline levamos você em casa.

E eu não pude falar mais nada!

Sexta-feira, 30 de novembro

Parei de escrever porque tinha de estudar para as provas. Quando ficava triste, desenhava um pouco, mas confesso que não tive tempo de pensar em nada, nem de bom nem de ruim. Só estudei mesmo.

Para encerrar o episódio das aulas com o meu pai, tive duas aulas de inglês, ele viu que eu sabia tudo, fim.

Hoje, recebemos as notas oficialmente, mas eu já sabia que tinha passado. A Jandira também passou, foi para a sexta, mas, como sempre, minhas notas são melhores do que as dela.

Uau, agora estou no nono ano!!!

Domingo, 2 de dezembro

Mais briga!!! Quer dizer, nem vou chamar de briga. Durante o café da manhã, a francesa disse que queria conversar com a gente, o que significava exatamente: “Não saiam da mesa quando acabarem de comer”. Fiz aquela cara de “Putz, lá vem chumbo!”. A Jandira nem me olhou, encolheu os ombros e encarou o prato.

Em vez de palavras, recebemos por escrito:

AS LEIS DA CASA

1. Regras gerais
   a) Abriu, fechou: portas de armários, torneiras.
   b) Acendeu, apagou; ligou, desligou: computadores, luzes.
   c) Sujou, limpou: cozinha, banheiro, chão.
   d) Usou, devolveu ao lugar de onde tirou: serve para tudo.
   Se eu quiser, é claro! Quem me obriga? Ha, ha, ha!
2. Falar comigo é fundamental.
   Acho que ela já desconfiou que eu evito falar com ela!
3. Acabaram-se as mordomias gratuitas: tudo vai ser por merecimento.
   Como será isso, exatamente, sua chata?
4. Cada um deve ter a sua toalha; se for tomar mais de um banho, favor colocá-la para secar.
   Nojenta!
5. Usar um prato para comer o que quer que seja, para não sujar o chão.
   É ruim, hein?!
6. Não pôr copos sobre os móveis sem um descanso embaixo.
   Frescura!
7. Arrumar a cama logo ao acordar.
   Mas eu já arrumo, idiota!
8. Tirar os sapatos ao entrar nos dormitórios.
   Agora só me falta tirar o pé, Fefê!
9. Manter os objetos e enfeites da casa nos seus devidos lugares.
   Se estiverem fora do lugar, devolva-os você, loira burra!
10. Não espalhar objetos pessoais pela casa afora.
    Se não gosta, é só catar, babaca!

Tudo isso por causa da discussão anterior. Ontem, ela ficou nervosa e disse:

– Pelo amor de Deus, fechem as portas dos armários que vocês abrem!

Eu até que fecho às vezes, mas a Jandira não tem jeito: mesmo a minha mãe fica doida com essa mania dela! Meu pai faz igual.

Então, para agradar a francesa, meu pai resolveu "conversar" com a gente daquele jeito dele: ele fala e a gente escuta e obedece. Ela estava junto. Não sei o quanto ela entende, mas sempre pergunta uma coisa ou outra, ou pede para ele traduzir. No sermão, papai disse que a gente não respeita as leis da casa.

– Que leis? – perguntou a Jandira.

A Aline explicou que todas as casas têm uma lei.

– Na minha casa não tem lei nenhuma! – disse a Jandira, de cara feia.

– Não ter lei nenhuma pode ser a lei – explicou a metida, mas é claro que, se nem eu entendi essa, duvido que minha irmã tenha entendido.

Ela já tinha o sermão engatado: as leis são as regras da casa, o jeito que a dona quer que as coisas aconteçam. Discutiram um pouco sobre quem fazia as leis nas outras casas, que leis eram essas e como funcionavam. Ela disse:

– Eu só quero que vocês façam o que eu peço. E não pretendo ficar repetindo os mesmos pedidos toda vez que vocês vêm aqui. Se sabem que é para fazer, façam e pronto, sem eu precisar ficar mandando.

Emburradíssima, a Jandira falou:

– Por exemplo?...

– Vocês têm de parar de deixar abertas todas as portas e gavetas dos armários quando vão pegar alguma coisa! A casa fica com uma aparência horrível e eu fico nervosa! – explicou a bonequinha de Paris.

Minha irmã falou que ninguém nunca tinha dito para ela fechar as portas quando as abrisse e a francesa ficou espantada, perguntando se precisava falar uma coisa tão óbvia e lembrando que tudo o que a gente abre tem de fechar. Agora resolveu nos dar por escrito como ela quer as coisas!

– Mas a gente já faz metade das coisas que você escreveu neste papel! – protestou a Jandira, furiosa.

– Claro que sim! – concordou a babaca, acrescentando: – Eu não escrevi as coisas que vocês não fazem, mas tudo o que eu espero que façam.

Ela aproveitou para lembrar pequenas coisas educadas que a gente poderia fazer também: arrumar o banheiro depois de tomar banho, secando a água que cair fora do boxe e colocando a roupa suja no cesto; lavar o rosto antes de sentar-se à mesa para tomar o café da manhã; não dormir com uma camiseta e depois passar o dia com ela; enfim, aquelas frescuras todas.

Eu não abri a boca.

Depois da conversa, a Jandira e eu fomos montar um quebra-cabeça. Ninguém ficou emburrado por muito tempo. Nem eu.

Quarta-feira, 5 de dezembro

Hoje a Jandira faz 11 anos. Ela queria uma festa, mas a minha mãe disse que não ia dar. Então a minha irmã ligou para o meu pai, e ele disse que faria uma festinha na casa dele, no próximo sábado.

Ontem, inventei de aparecer por lá à noite, para ver como ia ser tudo.

– Minha mãe vem? – perguntei ao meu pai.

– Não, Isabela – respondeu ele, calmamente.

– Posso saber por que a minha mãe não pode ir à festa de aniversário da filha dela? – perguntei, muito brava.

– Isabela, a sua mãe não quer ser amiga da Aline. Então, não é justo convidá-la. Esta casa é da Aline também.

A dita-cuja entrou na conversa:

– Não tenho nada contra a sua mãe, Isabela. Mas não gosto de escândalos, e ela é famosa pelos *shows* que dá. Não quero cenas na frente dos nossos amigos.

– Então eu também não venho a essa festa! – declarei, espumando de raiva.

– Você está convidada. Mas, como qualquer outro convidado, pode escolher se quer vir ou não – retrucou a insuportável.

Morri de ódio: não é um desaforo, diário? Fazer uma festa para uma menina e não convidar a mãe dela? E o idiota do meu pai concordando com tudo. Babaca, bobão, burro! Onde já se viu um homem tão ridículo que nem aquele cara? Bem que a minha mãe diz que ele não presta!

Sábado, 8 de dezembro

A festa vai ser hoje. A Jandira está toda feliz, foi ontem para a casa deles, ouvi dizer que iriam ao *shopping* comprar um vestido novo para ela, argh!, não vou e não quero saber de nada dessa festa!

Nojenta!

Domingo, 9 de dezembro

Pela cara da Jandira e pelo tanto de presentes que ganhou, deve ter sido boa a tal festa! Não perguntei nada e ela também não me contou nada, só deixou os presentes esparramados para eu ver. Minha mãe curtiu com ela, apesar de não parecer muito satisfeita. Mas o motivo a gente já sabe: nada que venha daquela casa, daquela mulher, daquela situação consegue agradá-la. Acho que ela fica com ciúme.

Estou sozinha, num mau humor digno da Jandira nos seus melhores dias! Andei para lá e para cá, pensando tanta coisa que nem escrever consegui.

Que diabos, tudo nessa mulher me incomoda! Ela vive toda sorridente, como se a vida fosse uma eterna festa! Parece que não tem problema nenhum. Vai ver que não tem mesmo. Afinal, ninguém levou o pai dela embora, ninguém roubou o sossego dela nem mudou a vida dela!

Não posso dizer que os quadros dela são feios – mesmo porque não são! Apenas não são do meu gosto. Morro de antipatia das poses de pintora famosa, das frescuras dela! Imagine que o meu pai disse que ela está vivendo uma fase azul que nem Picasso, só porque tudo o que ela faz é azul: pinta quadros usando só o azul em vários tons, decora usando o azul como base nos ambientes, só tem vontade de vestir-se de azul... É muita frescura para o meu gosto! Já virou falta do que fazer!

Segunda-feira, 10 de dezembro

Sabe o que ela resolveu agora? Me encher de bilhetinhos! Não me faltava mais nada na vida! E o pior: cada um deles vem acompanhado de um desenho! Ah, detalhe: em azul, é claro!

Eu estava pensando que fosse só para mim, mas a Jandira também recebeu uma pérola dessas junto com o seu presente de aniversário. Contei para a minha mãe e ela ficou uma fera! Já vem reclamando há tempos que a francesa resolveu educar as filhas dela e disse, furiosa:

– Ora, se ela acha que vocês não são bem-educadas, por que não experimenta colocar dois filhinhos no mundo e educá-los de um jeito melhor?

Eu fico rindo sozinha: só quero ver se o meu pai anunciar que a Fefê está grávida! Minha mãe vai ter um chilique e meio! Ou talvez dois!

Quarta-feira, 12 de dezembro

Diário, você não vai acreditar no que eu vi!

Sem grandes coisas para fazer, resolvi passar na casa do meu pai. Queria saber alguma coisa sobre o aniversário, mas sem perguntar. Talvez ver as fotos, enfim, ouvir alguma fofoca. Levei mesmo foi um susto! Havia uma tela nova na parede do nosso quarto, ou seja, na sala de tevê. Um retrato. Sabe de quem? Da Jandira. Meu pai disse que foi o presente de aniversário que a francesa deu para a minha irmã! É mole?!

Como é que aquela espertinha não me contou nada?

No quadro, a Jandira parece uma princesa, sentada numa cadeira de espaldar alto, na maior pose. Usa um vestido azul de modelo antigo, todo bordado em tons mais escuros e brilhantes dessa mesma cor. Tocando o ombro, o cabo de uma sombrinha de renda, aberta, que ela segura delicadamente com a mão direita, enquanto a esquerda repousa no colo. Ela tem um ar feliz e um meio-sorriso enigmático como o da Mona Lisa (aquela famosa, do Leonardo da Vinci). O olhar dela é doce e parece acariciar quem a vê.

Ah, a tela tem nome: "Bela *demoiselle* em vestido azul".

Argh! Que nojo! Por que ninguém me conta as coisas, eu é que tenho de ficar descobrindo-as uma por uma?

Esse raio de mulher pinta bem, viu? Parece que ela pinçou o que a minha irmã tem de mais delicado e jogou nas tintas! O mais engraçado é que, além de a Jandira estar mais bonita do que ela é (e ela não é lá grandes coisas, coitadinha...), o modelo do vestido faz parecer que ela é magra, o *vestido* é que é gordo! Muito esperta essa pintora!

Odeio ela!

Quinta-feira, 13 de dezembro

Bilhetinho é o que mais chove na minha vida... Em qualquer lugar que eu mexa, lá vem mais um!!!

Na hora, acho um saco (principalmente quando estou com raiva), mas depois, devo confessar – só a você! – que até gosto... (Mas, se contar para alguém, eu digo que você inventou, hein?!)

Sexta-feira, 14 de dezembro

Mais uma bomba explodiu aqui em casa: o meu pai pediu o divórcio, oficialmente. Ele disse para a minha mãe que ela vai receber uma comunicação do advogado. Nem preciso dizer como ela gritou com ele!

– Você acha que eu perdi mais de dez anos da minha vida com você para de repente ficar sem nada? – urrou ela.

Ele respondeu que sentia muito, se esse era o pensamento dela, mas que ela não iria ficar sem nada: todos os bens seriam divididos conforme a lei manda, ela teria o apartamento para morar e ainda receberia a pensão mensal. E completou:

– Pago tudo para as minhas filhas e ainda sustento a sua ociosidade!

Diário, pensei que ela fosse avançar nele, mas ficou durinha como um espeto de pau, e o meu pai até abaixou a voz para dizer:

– Quando é que você vai entender que é jovem e pode trabalhar como todo mundo para pagar as suas próprias contas?

– Você quer que eu volte a trabalhar no supermercado!? – disse ela, sem gritar, afirmando mais do que perguntando, e ele respondeu, calmamente:

– Por que não? Esse não era o seu trabalho antes? Ou então, se você quer mudar de profissão, vá estudar, fazer um curso, qualquer coisa, mas, pelo amor de Deus, mexa-se!

Ela começou a soluçar e choramingava que ele era um cretino, que só queria estragar o Natal dela e todas aquelas coisas que ela não se cansa de repetir, e que eu – confesso a você – já estou cansada de ouvir, porque todo dia é sempre igual.

Tenho pena dela, coitada, uma coisa que meu pai decididamente não tem! Também, ela já falou mil vezes que ele não tem coração, esperar o quê de uma pessoa assim? Apenas maldade. Ela é que é boba de ficar surpresa. Eu não me surpreendo com mais nada.

Ai, diário, dói muito ver a minha mãe naquele estado... Ela não quer trabalhar com horário fixo, diz que precisa cuidar da gente, por que ele insiste em não entender isso?

Até pensei que ele ia embora dizendo que nunca mais voltaria aqui e batendo a porta como fazia antes. Mas não, ele disse sem se alterar:

– Gabriela, eu não pretendo sustentá-la pelo resto da vida. Esperarei – pagando todas as contas como já faço – o tempo que for preciso, mas preciso saber que tempo será esse, para me programar. Pense nisso.

E despediu-se dela calmamente. Mas eu ainda gostava mais de antes do que de agora, sem ele em casa. Nunca sei o que pode acontecer amanhã. Se o meu pai parar de pagar a pensão, como é que vai ser? Já pensou se ele não pagar mais o colégio? E se a gente não tiver dinheiro para comprar comida? Tanta preocupação...

Minha mãe anda brigando muito com a Jandira. Ela sabe que a minha irmã é toda amiguinha da francesa e até disse para ela:

– É só me encher mais um pouco, que eu mando você para o seu pai cuidar e ainda me livro do seu mau humor!

A Jandira anda muito mal-humorada. Está gorda, minha mãe briga que ela está comendo demais, ela fala que não vai comer, mas não aguenta e come escondido. Já vi chocolate debaixo da cama dela.

Tanta briga... Será que existe alguém nesse mundo que viva em paz?

Terça-feira, 8 de janeiro

Aconteceu tanta coisa... Vou fazer um resumo e, enquanto ficar contando das férias, nem vou mudar a data. Não levei meu caderno na viagem, com medo de que alguém o lesse, mas fiz anotações.

Viajamos para Belo Horizonte e ficamos na casa da minha avó Sueli e do meu avô Breno. Eu preferia ter ido para a praia, mas meu pai explicou que a Aline não queria entrar o Ano-novo perto do mar e fechou conversa.

Quando entrei na casa da vó Sueli, já fiquei furiosa com a primeira coisa que vi: um porta-retratos muito chique com uma foto enorme do meu pai com a francesa, ambos sorridentes e "gordos" de tanta roupa, com neve ao fundo. Só pode ter sido presente dela! Para não ficar olhando para aquilo, desviei o olhar e ele caiu na parede, escorrendo pelas duas telas novas que lá estavam. Você é capaz de adivinhar quem as pintou? Ha, ha, ha, acertou na mosca! Uma delas é um retrato do meu pai, aquele novo que ela estava pintando um tempo atrás; a outra, uma daquelas das ruas de Paris. Nossas fotos mais antigas continuavam no mesmo lugar, mas não havia uma única da minha mãe.

Fiquei uma fera e reclamei, mas ninguém me deu muita bola. Meu pai só disse que ali é a casa da família dele e que a Aline faz parte dela agora.

– Mas vocês não são casados nem nada! – eu disse, chateada.

– Papel não vale nada, Isabela. Eu sou casado com a Aline no meu coração, o único lugar que importa – respondeu ele, saindo de perto de mim.

Depois, acabei esquecendo a raiva. Chegou todo mundo para ver a gente, ficou todo mundo falando ao mesmo tempo, sumi com meus primos, fomos ver a vó Jândi. Você sabe, a gente fala "vó", mas ela é a nossa bisa, a avó do meu pai e mãe da minha avó Sueli. Ela também se chama Jandira. Aliás, é em homenagem a ela que a minha irmã tem esse nome diferente, de origem indígena.

A vó Jândi é velhinha, diz o calendário, mas não parece, porque é tão alegre e animada que a gente nem repara nas rugas do rosto dela. Quando ela ri, todo mundo ri junto, mesmo sem saber por quê. Ela mora no "casarão", uma casa antiga, mais velha do que ela, mas que eu adoro, porque é enorme, com sótão e porão, salas e quartos amplos, de teto alto e portas e janelas imensas, com varandas por todos os lados e muitas plantas, que a vovó adora cultivar.

E o gato Niquinho... Preto como a noite mais escura, os dois olhos que nem faróis, ele morre de ciúme de sua dona e pula para o colo dela assim que nos vê chegar.

Ai, já descrevi tanto esse lugar nos meus outros diários que nem precisa mais, pois você já conhece tudo!

Passeamos muito. Visitamos as cidades históricas, outra vez, mas eu sempre gosto: Ouro Preto, Mariana, Congonhas, Sabará, Caeté... E nadamos numas cachoeiras que o meu tio conhece. Foi supergostoso.

O Natal também foi *cool*, ganhamos muitos presentes, o almoço foi no casarão, com todo mundo reunido. No Ano-novo teve mais festa, mas agora no clube. Até a Jandira pôde ir, só os primos pequenos é que ficaram dormindo em casa.

Minha alegria não foi completa, porque eu queria mesmo era estar ali com a minha mãe, como antes. Não que a Aline tenha enchido meu saco. Ela até que foi legal. No meio de todo mundo, a gente mal se achava.

Quando estávamos só os quatro, nós, as mulheres, íamos ver as lojas, enquanto o meu pai ficava sozinho tomando uma cerveja.

Abre parênteses. Nunca ouvi essa mulher reclamar da cerveja do meu pai, coisa que deixava a minha mãe maluca. Fecha parênteses.

Nas lojas, a francesa comprou um monte de coisas para nós, quer dizer, era só a gente dizer que achava bonito, que ela mandava comprar – e pagava tudo. Comprei presentes para todas as minhas amigas, ela até me ajudou a escolher.

A Aline adorou as cidades históricas. Diz que vai pintá-las depois. Tirou um milhão de fotos. Acho que é para ela se lembrar dos detalhes. Mas do que ela mais gosta é a natureza. Fica encantada.

Tirou muitas fotos minhas também. Disse que vai pintar o meu quadro. Perguntou em qual época eu gostaria de ser retratada, eu disse que na atual, ela disse que tudo bem. Mas talvez eu mude de ideia e queira ser uma princesa medieval, que nem a Julieta. Pensando bem, posso ser a Arwen, aquela elfa maravilhosa do filme *O Senhor dos Anéis*!

No Ano-novo, a Aline estava muito triste. No Natal também, mas no dia 31 estava mais. Parece até que ela tem más lembranças de algum Ano-novo que já passou, porque só queria ficar encolhida nos cantos, não falava, sempre triste, desistiu de ir ao clube e todo mundo ficou conversando com ela, vamos-vamos-vamos, vai ser legal, você tem de pensar em coisas boas... Na hora, fiquei com raiva daquela paparicação toda, mas depois tive pena: tenho certeza de que ela tem alguma má lembrança escondida!

No final, ela acabou indo, e ficava olhando muito para mim, daquele jeito engraçado que já comentei muitas vezes com você. Não, não posso dizer "engraçado". Era mais para triste. Olhava, olhava... Uma hora, cheguei a ver lágrimas nos olhos dela. O que será que ela estava pensando? Não consigo imaginar o motivo.

Na verdade, ela sempre me olhou muito. Tinha melhorado ou, pelo menos, isso tinha parado de me incomodar. Nessa viagem, ela voltou a me olhar comprido. Na festa do Ano-novo, eu nem aguentei ficar perto dela!

Minha mãe ficou sumida a maior parte do tempo. Tentei falar com ela um milhão de vezes pelo celular, mas ele estava sempre fora de área. Ela disse que viajou para a casa da minha avó (a mãe dela, claro).

No dia 7 de janeiro, foi o aniversário da Aline. Sabe quantos anos ela fez? 38! Fiquei surpresa, porque ela é mais velha do que o meu pai e *muuuito* mais velha do que a minha mãe. Eu nunca tinha me perguntado sobre a idade dela e achei graça também, porque, em geral, quando um homem troca de mulher, costuma arrumar outra mais nova. Pelo menos é o que dizem os milhões de piadas do gênero. Mas deve ser coisa de gente boba. Idade não tem nada a ver.

A festa foi no sábado – e foi uma superfesta! Nesse dia, minha tia Sílvia também faz aniversário. Então, as duas comemoraram juntas e fizeram a "Festa das Cunhadas". Até eu achei que foi uma ideia genial.

A francesa estava triste no dia do aniversário também, mas bem menos do que no Ano-novo. Não pude deixar de reparar como parece que todo mundo tem paciência com as tristezas dela! Nunca vi isso acontecer com a minha mãe! Tadinha, só levou pancada dessa família! Que culpa ela tem de vir de uma família pobre?

Com a francesa, ao contrário, e não é só a família, não, é todo mundo que parece gostar demais dela! Só ouço elogios à beleza dela, à delicadeza dela, à educação dela... Vai ver que ela fez macumba para as pessoas gostarem dela, porque é mesmo um exagero!

E assim acabaram-se as festas e a viagem de férias do final do ano. Voltamos para casa e tudo voltou ao seu lugar também.

Sexta-feira, 11 de janeiro

Diário, estou morrendo de ódio!

Você não imagina a última: minha mãe tem um namorado!!! Esse tempo todo, ela mentiu para mim! Não saía nem viajava com as amigas coisa nenhuma, estava com esse cara nojento que eu nem quero conhecer!

O nome dele é Joaquim – preciso dizer mais alguma coisa? Só falta ser o dono da padaria da esquina!

O que me deixou mais furiosa foi que ela não me contou nada – fui eu que descobri! E de um jeito horrível: peguei-a no flagra! No pulo do gato, como se diz.

Eu tinha dito que ia para a casa da Jussa, até fui, mas estava chato lá, não tinha nada para fazer e resolvi voltar para casa mais cedo. A Jandira não estava. Me tranquei no meu quarto, como sempre, e fiquei lendo.

De repente, tive a impressão de ter ouvido a voz da minha mãe. Parecia que ela falava com alguém, mas não liguei, meu livro estava tão legal! Sabe quando você pensa – "Vou acabar esta página e conferir se ela chegou" – e continua lendo, tão envolvida que não consegue parar?

Um bom tempo se passou – sei porque li pelo menos mais três ou quatro páginas – sem que eu fizesse ou ouvisse algum barulho. Eu estava tão distraída que pensei – assim, meio só com um pedacinho do cérebro – que tivesse mesmo sido impressão minha.

Terminei o capítulo e resolvi beber água na cozinha. Ao passar pela sala, o que vejo?

Não, você nunca adivinhará se eu não contar: minha mãe, a minha santa mãezinha, com a blusa aberta, os olhos fechados e um velho gordo e bigodudo beijando-a por tudo quanto é lado!

Dei um grito e voltei correndo para o meu quarto. Ela veio atrás de mim, mas eu passei a chave na porta. Minha mãe fez de tudo: bateu, chamou, ligou no meu celular, chorou, implorou. Não abri.

Dali a pouco, meu pai começou a fazer a mesma coisa: ligou no meu celular, bateu, chamou. Só não chorou nem implorou. Então, eu abri a porta para ele.

Ele sentou na beirada da minha cama, me abraçou e perguntou o que tinha acontecido. Entre lágrimas, contei tudo para ele.

Ele me ouvia quieto, passando a mão no meu cabelo ou enxugando meus olhos. Depois, falou que a minha mãe tinha o direito de refazer a vida dela, de arrumar um namorado, de passear.

– Mas quem vai cuidar da gente? – perguntei, soluçando. – Você tem a Aline. Se a minha mãe resolver se casar, o que vai ser de mim e da Jandira?

Ele disse que nós nunca ficaríamos desamparadas; que o fato de a mamãe ter um namorado não queria dizer que ela ia nos abandonar. Isso sem falar que, se fosse o caso, poderíamos morar com ele, e mais uma porção de coisas que eu nem lembro. Mas por mais que ele falasse, me consolasse, explicasse, eu só conseguia repetir como uma idiota:

– Ela mentiu para mim!

Papai ficou um tempão comigo. Ele me convidou, mas eu não quis dormir na casa dele. Achei melhor enfrentar o que tivesse de enfrentar de uma vez e me tranquei no quarto para escrever.

Agora estou com sono e vou dormir.

Boa noite.

Sábado, 12 de janeiro

Não dormi nada esta noite. A cena que eu vi se recusa a sair da minha cabeça. Parece um filme estragado, que só fica repetindo a mesma coisa, uma vez, outra vez, outra e mais outra... Para no grito que eu dei, volta para a primeira imagem e repete tudo outra vez!

Nunca mais eu falo com ela!

Mais tarde: A Jandira veio conversar comigo e eu gritei:

– Não quero falar com ninguém! Suma! Me deixe em paz!

Deixaram. As duas. Minha mãe e ela.

Acho que vou sair. Estou sufocando neste quarto!

Segunda-feira, 14 de janeiro

Fui para a casa do meu pai, onde fiquei o fim de semana inteiro.

A Aline finge que não sabe de nada, mas tenho certeza de que o meu pai contou para ela. Ele sempre conta tudo para ela. Mas ela também não fala nada.

Meu pai me chamou para ir ao *shopping* no sábado, mas eu não quis. Fiquei assistindo televisão. Depois, a Aline perguntou se eu queria desenhar e me deu papel e lápis. Ela me convidou para ficar no ateliê com ela e me ensinou a usar a tinta guache. Acabei me distraindo e pintei bastante.

No princípio, só fiquei misturando tinta e jogando no papel, sem desenhar nada que não fosse, como ela disse, forma e movimento. Ela me deixou sozinha um tempão e, quando voltou, me ensinou um pouco de técnica. Então eu pintei umas flores que estavam no vaso em cima da mesa, quer dizer, tentei, mas não ficou lá grande coisa, não. O domingo acabou passando depressa e fui para a cama dormir, porque estava cansada. Não falei com ninguém, só dei boa-noite.

Gostei do ateliê da Aline. Não é à toa que ela passa o dia inteiro lá, é um lugar realmente agradável. Deve ser por isso que ela pinta tanta coisa bonita. Tive a impressão de que aquele sótão é mágico: quando a gente entra lá, se esquece da vida... Se esquece do tempo, dos problemas, das tristezas, se esquece de tudo!

Terça-feira, 15 de janeiro

A Jandira veio conversar comigo. Ela acha que eu estou dando escândalo por nada.

– Nosso pai mora com outra mulher. Por que a nossa mãe não pode ter um namorado? – perguntou.

Fiquei brava:

– Você é uma idiota, mesmo! Não estou brigando porque ela tem um namorado, mas porque ela escondeu isso de mim! Ela mentiu para mim, e é isso que eu não aceito!

– Trouxa! – disse a minha irmã, fazendo um muxoxo de pouco-caso.

Pulei na hora:

– Por quê? Você sabia?

– Ela não me contou, mas eu não sou boba como você! Estava na cara que ela tinha arrumado um namorado! – e enumerou todos os "sinais".

A Jandira tem razão. Ela só tem 11 anos, mas foi mais esperta do que eu. Nem deu bola para a minha raiva, disse que achava que namorar é um direito da nossa mãe e foi brincar com as bonecas dela.

Tudo bem daqui, tudo bem dali, se é um direito, por que ela não disse nada para a gente?

Quarta-feira, 16 de janeiro

Ainda não falei com a mamãe, mas agora quem não está mais aguentando sou eu.

Fui para a casa do meu pai, rodei um pouco para lá e para cá, a Aline perguntou se eu queria pintar, respondi que sim, subimos para o sótão-ateliê e pintamos a tarde inteira. Não conversamos, porque não temos nada para conversar, mas foi bom.

Quinta-feira, 17 de janeiro

Está chovendo e eu resolvi ficar em casa. Minha mãe veio conversar comigo, respondi ao que ela perguntou, mas não quis falar sobre aquele bigodudo horroroso.

À noite: Acabei indo ao *shopping* com a Jussa. Contei tudo para ela. Minha amiga me ouviu sem interrupção e, no final, disse que eu só tenho uma coisa a fazer: aceitar. Ela acha que as mães têm vergonha de contar para as filhas que estão namorando, mas que eu deveria procurar entendê-la e não ficar alimentando uma raiva boba.

Encontramos duas amigas e o papo mixou, mas acho que é fácil para ela, que tem o pai e a mãe morando juntos. De qualquer maneira, vou pensar no assunto.

Sexta-feira, 18 de janeiro

Conversei com a minha mãe. Perguntei quem era esse cara. Ela disse que o nome dele é Joaquim (como se eu não soubesse!), que ele é português (só podia ser!), tem uma construtora (e eu com isso?) e é muito rico (bom para ele).

– Ele é solteiro? – eu quis saber.

– Divorciado – informou ela.

Quando perguntei quantos anos ele tinha, ela respondeu "uns quarenta e tantos".

– Um velho! – não pude deixar de resmungar.

– Quem tem 49 anos não é nenhum velho! – riu ela.

– Mas você tem 33! É muita diferença! – eu disse.

– E daí? Ele é atencioso, gosta de mim e faz tudo o que pode para me agradar. Idade é besteira.

– Não quero conhecê-lo – declarei.

– Está bem. No dia em que você mudar de ideia, porém, ele estará esperando por você – ela concordou, encerrando a conversa.

Ha, ha, ha! Só me faltava essa agora!

Sábado, 19 de janeiro

Dia de casa do meu pai. Estou aqui desde ontem à noite. A Aline vai a Paris de novo amanhã e está arrumando as coisas para a viagem. Eu queria pintar, mas fiquei sem saber como pedir e achei melhor esperar que ela oferecesse, mas ela não disse nada e eu também não.

Acho que não contei que a Jandira vai para um *spa* em Serra Negra, amanhã de manhã, para emagrecer um pouco e reaprender a se alimentar. Ela já sabe que vão cortar os salgadinhos e os *refris* dela, mas está disposta até a entregar os chocolates, desde que seja para perder alguns quilos.

Vou ficar sozinha de verdade... Vivo falando mal da minha irmã, mas gosto dela.

À noite, vamos jantar numa churrascaria, fazendo hora, porque o voo só sai à meia-noite. A Aline é vegetariana, mas parece que não se importa de fazer todas as vontades do meu pai. Além do mais, ela diz que as saladas das churrascarias são fantásticas e que ela come muito bem.

Segunda-feira, 21 de janeiro

Foi-se a Aline, foi-se a Jandira... Estou sozinha com a minha mãe.

Essa ideia do *spa*... Eu tinha ouvido um papo entre o meu pai e a Aline, mas na hora não prestei muita atenção. Relembrando agora, compreendi de quem foi a ideia. Bem, pelo menos foi uma boa ideia.

Perguntei à minha mãe onde ela conheceu o português e ela disse que foi num barzinho. Fiquei horrorizada e não pude deixar de retrucar:

– Ah, quando é o meu pai, você fala um monte! Falou mal da Aline tudo o que quis, disse que o meu pai precisava ver de onde ela tinha saído, qual o passado dela e tudo o mais. Então, agora eu pergunto: você já se deu ao trabalho de ver a "folha corrida" desse português?

Ela começou a rir e eu fiquei mais furiosa ainda.

– Do que você está rindo? – esbravejei.

– Você falou de um jeito tão engraçado... – explicou ela. – Onde aprendeu isso? Esta é uma expressão oficial e antiquada.

– Num livro que li – respondi, de mau humor.

– Isabela, você vai gostar do Joaquim. Ele não está chateado com você, ele diz que entende a sua mágoa e que ama você e a Jandira apenas por serem as filhas da mulher que ele ama – disse ela.

Achei que já tinha ouvido essa frase em algum lugar e resmunguei:

– Não acredito!

– Pois deveria acreditar. Ele não tem nenhum motivo para não gostar de você. Por que vocês não ficam amigos? Ele pode fazer muitas coisas boas para você.

Não respondi porque estava tentando lembrar quando e onde eu tinha ouvido aquelas mesmas palavras.

Quinta-feira, 24 de janeiro

Amanhã é feriado. Aniversário de São Paulo. Meu pai aproveitou para fazer um trabalho em Belo Horizonte e vai passar o final de semana por lá. Até me convidou para ir junto, mas eu não quero deixar a minha mãe sozinha com esse português que ninguém sabe de onde saiu. Se eu ficar, ela vai ter de dormir em casa comigo. Não vai poder ficar folgadona com ele por aí – ha, ha, ha! – como ela, na certa, estava esperando.

Estou atrapalhando de propósito o namoro da dona Gabriela, e ela está uma fera, mas segurando a raiva para não brigar.

Não quero conversa com ela!

À noite: Não adianta eu não querer papo com a minha mãe. Ela quer comigo, entende? E fica me atormentando! Agora veio fazer propaganda pró-português: "Ele é... blá, blá, blá", e dá-lhe elogios! Tudo o que ela falava mal do meu pai, no portuga é legal. Tudo o que ela achava que era defeito no meu pai, no portuga é perfeição!

Não aguentei e lembrei a ela de que ele também já foi casado. Será que a opinião da ex-mulher do português é igual à dela?

Ela não soube o que responder e saiu de fininho, muito sem graça.

Ha, ha, ha! Todo mundo foi viajar, todo mundo foi para a praia, menos ela!

Sexta-feira, 25 de janeiro

Estou menstruada e podre de irritada. Não tenho nada para fazer. Estamos eu e a minha mãe sozinhas em casa. Agora mesmo, ouvi quando ela cochichava ao telefone:

– A Isabela está muito rebelde. Briga comigo o tempo todo, não aguento mais. Sim, é claro. Não, ainda não aceitou o Joaquim. Sim, você tem razão.

Desisti de ouvir o resto da conversa. Conheço a minha mãe tão bem que sempre sei tudo o que ela vai dizer. Agora, por exemplo, está uma santa, mas daqui a pouco vai explodir e começar o *show* de gritos e ameaças, quer apostar?

Domingo, 27 de janeiro

Eu não disse? Se você apostou comigo, perdeu! Já começou. Ela está uma fera, irritadíssima, e agora eu sei o motivo: o portuga viajou sem ela!

Bem feito! Ha, ha, ha! Meu mau humor acaba de sair de férias! Enquanto isso, eu canto, lá, lá, lá...

À noite: O portuga voltou, ouvi quando ela falou ao telefone com ele.

Tivemos todos um feriado chatérrimo, mas eu acho que valeu a pena!

Li o tempo todo, mas a minha cabeça não leu direito. Muitas vezes, tive de voltar a página porque lia pensando em outra coisa e não prestava atenção.

Cheguei à conclusão de que está na hora de conhecer esse português, até mesmo como uma maneira de me penitenciar pelo que fiz. Vamos ver como as coisas vão rolar.

Segunda-feira, 28 de janeiro

Sinto falta da Jandira. Só vamos poder visitá-la no domingo, dia 3 de fevereiro. Meu pai irá primeiro, porque vai viajar no dia 7 para encontrar-se com a Aline em Paris, onde ficam até o dia 16. Eu vou com ele ao *spa*. Minha mãe vai no domingo de carnaval. Talvez eu vá com ela também.

Falamos com a Jandira pelo telefone, sempre à noite, para não atrapalhar as palestras, reuniões, terapias e passeios. Ela está bem, mas sente falta de todos nós e reclama que a comida é pouca.

O carnaval está quase chegando e eu não sei para onde vou. De qualquer maneira, tenho tempo de sobra para arrumar um lugar.

Terça-feira, 29 de janeiro

Esqueci de contar do divórcio. Agora que as coisas foram decididas, minha mãe está menos irritada com o assunto. Ela recebeu a carta do advogado do meu pai e resolveu contratar um para ela também. Poderia ter ficado com o mesmo, mas ela não confia no meu pai.

Não tenho feito nada importante ou digno de nota, apenas o de sempre.

Quarta-feira, 30 de janeiro

Vou conhecer o português hoje à noite. Estou curiosa para ver quem ele é! Quero só ver como as coisas vão se passar!

Não sou idiota e sei que todo namorado é, por princípio, um candidato a marido, mas o homem costuma se envolver menos com a casa e a educação dos filhos. E ainda por cima, sendo as filhas do primeiro casamento da mulher, sempre terão a mãe do lado delas. A Aline não deixa de ter razão naquela conversa sobre as tais "Leis da Casa": quem as faz é, quase sempre, a mulher.

Ufa, estamos salvas!

À noite: Ha, ha, ha! Fiz igual fazia com a Aline, e minha mãe não gostou nem um pouco! Engraçado, quando eu contava as bobagens que aconteciam por lá, minha mãe dava risada! De repente, tudo perdeu a graça, entende?

O santo do portuga é um chato, que se mete em tudo, tem opinião sobre tudo, sabe tudo e fala tudo o que quer.

O jantar foi aquilo que já se esperava: um saco! Ele escolheu um restaurante caro, para me impressionar, e ficou falando o tempo todo. Metade do tempo, fiquei procurando um pensamento interessante para me ocupar. A outra metade, fiquei observando as pessoas. Minha mãe faz de tudo para manter a conversa, mas parece que ela só fala coisa de pouco interesse. O portuga nem liga, ele nem presta atenção ao que ela fala, o negócio dele é falar, falar, falar... O que ele quer é um bom par de orelhas! E emenda um assunto no outro, conta uma piada e ele mesmo ri, repete o que acabou de dizer e pergunta se a gente sabia, um horror de papagaio falador!

E a risada escandalosa que ele solta? Põe muita bruxa no chinelo! Quando ele explodia numa gargalhada, fazia com que todo mundo voltasse o olhar para a nossa mesa, e eu quase morria de vergonha.

Eu simplesmente não via a hora de aquilo tudo acabar!

Quando minha mãe me apresentou a ele, digamos, oficialmente, e em melhores circunstâncias em relação ao dia em que nos vimos pela primeira vez, ela foi formal e educada como eu nunca a tinha visto antes:

– Isabela, este é o Joaquim, meu namorado. Joaquim, esta é a minha filha Isabela.

Ele quis me beijar, mas eu me esquivei e lhe estendi a mão.

Você precisava ver a cara da minha mãe!

Ele tirou de letra: pôs um belo sorriso debaixo do bigodão, apertou a minha mão com força e passou a outra mão na minha cabeça.

Quinta-feira, 31 de janeiro

É tanta coisa para contar, diário, que de repente me esqueço de coisas importantes. Por exemplo: o sotaque do portuga!

Antes de qualquer coisa, como definição, preciso dizer que ele fala de um jeito muito engraçado. Eu entendo tudo, mas não falo assim, sabe como? Ele não diz "Estou comendo", mas "Stou a cumer". E deveria comer pouco, porque com o que come de letra, já daria para encher a barriga só ao falar! E quando não engole uma letra inteirinha, some com um pedaço dela, anexando-a à sílaba seguinte! Isso quando não troca uma por outra, como no exemplo acima, uau! Muito engraçado!

E tem mais: ele pronuncia o "s" como se fosse um "x", tal e qual um carioca falando; e a entonação também é completamente diferente da nossa! Mas o pior é que ele fala muito depressa e eu fico cansada só de ouvir!

Sexta-feira, 1.º de fevereiro

A Aline está em Paris, mas a casa segue impecável, e a presença dela é tão forte que é como se ela estivesse conosco ou fosse chegar a qualquer momento. Vim ficar com o meu pai, que está sozinho e deve se sentir solitário, apesar dos amigos que sempre vêm fazer companhia para ele e inventam churrascos, chopes e reuniões para ocupá-lo.

Minha mãe foi para Campos do Jordão – e aí aquela história antiga foi esclarecida: quem tem casa lá é o português! E adivinha quem tem casa na praia, que não é Santos coisa nenhuma, é Ubatuba? Acertou, bidu!

Telefonamos para a Jandira. Ela continua reclamando que a comida é pouca, mas afirma que é bonita e enfeitada, parece coisa da Aline. Está contente com os quatro quilos que perdeu. Conta que precisou comprar um cinto para segurar as calças frouxas e demos muitas risadas. Ela disse também que lá eles fazem caminhadas todos os dias, além de outros exercícios. Acho que vai ser uma boa para ela deixar de ser preguiçosa.

Domingo, 3 de fevereiro

Fomos visitar a Jandira, meu pai e eu. No carro, conversamos um pouco sobre tudo: as aulas que começam amanhã, a Aline, minha mãe, o portuga, a Jandira... Ele disse o mesmo de sempre e eu também, de modo que é bobagem ficar me repetindo aqui no meu caderno.

Notei pouca diferença na minha irmã, depois o meu pai até concordou comigo, explicando que, para o peso dela, emagrecer quatro quilos é pouco. Mas, de qualquer maneira, fizemos a maior festa, porque a gente sabe que emagrecer é difícil. E, conforme meu pai disse, qualquer perda de peso precisa ser festejada, para que a pessoa fique animada e continue o regime.

Abracei tanto a Jandira, beijei tanto as bochechas dela, fiquei grudada nela o dia todo, estava com saudades. Ela perguntou de tudo da nossa casa e até da Aline e do português, queria saber as novidades. Mas não há muito o que contar. No final das contas, duas semanas não é um tempo tão grande assim.

Adorei Serra Negra, que eu não conhecia. Uma gracinha de cidade.

Almoçamos, andamos a cavalo, passeamos e já era hora de vir embora.

Tadinha da Jandira, chorou... Eu também fiquei com os olhos cheios de lágrimas.

Segunda-feira, 4 de fevereiro

Começaram as aulas de novo. Os colegas são praticamente os mesmos, inclusive o Mateus, mas faz tempo que eu não tenho mais nada com ele. Acho que, com esse monte de confusão na minha vida, nem tive muito tempo de olhar para os garotos nos últimos tempos.

Sim, não vou mentir, a gente está sempre ligada neles, mas aqui no meu diário eles não são prioridade.

Temos três professores novos, e a única coisa que posso dizer é: espero que sejam legais! A Tuca não é mais a professora de artes, o que é uma pena, porque aprendi muito sobre desenho com ela. Bem, se a Aline continuar me dando aquelas aulas d+ no ateliê dela, já posso dizer que aprendi um monte!

A "psora" de português não mudou, que bom! Nem a de literatura, a Ana, que sempre descobre uns livros legais para a gente ler.

A Jandira está perdendo aulas, mas de qualquer maneira não tem importância, porque mal começou o ano letivo e já vamos parar para o carnaval. Estive na classe da minha irmã, conversando com as colegas dela. Tem muita gente nova por lá. Ela vai ter uma surpresa quando voltar.

Quarta-feira, 6 de fevereiro

Uma coisa eu preciso reconhecer: desde que começou a namorar esse português, minha mãe ficou mais calma.

Acabei de voltar de uma pizzaria com eles. Convidei a Jussara para ir conosco, e ela achou o portuga muito divertido. Uma hora, ele e a minha mãe se levantaram para cumprimentar uns amigos, e a Jussa cochichou:

– Isabela, do jeito que você falava, pensei que ele fosse um bobão, mas ele é muito simpático!

– Meio grosso! – grunhi. – Você reparou como ele come?

– Ah, Isabela, não enche! – resmungou a Jussa. – Você parece que fica procurando defeito nas pessoas! A Aline é fresca, o Joaquim é grosso, quem é normal para você, hein?

Na hora fiquei mordida, mas não precisei pensar muito para admitir que ela tinha razão, e a raiva passou.

O Joaquim nos convidou para ir à casa dele em Ubatuba no carnaval. A Jussa vai para Foz do Iguaçu com os pais, mas acho que vou aceitar. Não tenho nada para fazer mesmo.

Sábado, 9 de fevereiro, feriado de carnaval

Uau, para uma pessoa que gosta de gastar que nem a minha mãe, convenhamos que esse cara é uma mão na roda! O bicho tem grana! A casa de Uba é ma-ra-vi-lho-sa!

Na verdade, tudo aqui é caro, mas achei meio brega. É como se ele fizesse questão de mostrar que custou caro, e acho que ficou faltando um certo bom gosto nos detalhes, mais harmonia na utilização das cores e uma delicadeza feminina.

Coitado, vai ver que é isso: ele é homem e decorou a casa sozinho.

Minha mãe me contou que ele veio para o Brasil há cinco anos, quando se divorciou. Estava tendo muitos problemas com a família e resolveu mudar de vida: vendeu tudo o que tinha, comprou uma passagem para São Paulo e investiu no ramo de construção civil, o mesmo tipo de trabalho que fazia em Portugal. A diferença é que antes ele era empregado e agora é patrão. E vem ganhando bastante dinheiro, muito mais do que na "terrinha", porque a mão de obra aqui é mais barata.

Estava combinado que ele faria um churrasco quando voltássemos da praia, e eu me ofereci para colocar a mesa. Caprichei, e ela ficou mesmo muito bonita. Fiz um arranjinho de flores e até acendi duas velas.

Foi um sucesso, todo mundo elogiou (esqueci de contar que vieram uns amigos dele também), e ninguém parecia mais feliz do que o portuga!

Minha mãe olhava tudo com os olhos grandes de quem não está entendendo nada e, quando deu, não resistiu e me perguntou qual o bicho que tinha me mordido. Dei de ombros, desencavei a minha risadinha número 22 e fui buscar um suco na geladeira da cozinha.

Quarta-feira, 13 de fevereiro

Voltamos hoje para casa. A Fátima foi comigo, acho que não contei, e também comentou como o portuga é alegre e festeiro.

Fez sol praticamente o tempo todo e, quando choveu, foi à tardinha, depois da praia, e aí foi gostoso porque refrescou.

No domingo, visitamos a Jandira. Foi uma longa viagem, de Ubatuba a Serra Negra, mas o portuga gosta de dirigir. E como foi bom! Passeamos, conversamos, almoçamos, ele dormiu um pouco no carro, debaixo de umas árvores, e nós fomos às compras. Como você já sabe, diário, minha mãe adora lojas e sempre acha o que comprar.

A Jandira está ótima, até já deu para notar uma diferençazinha nas gordurinhas dela.

Voltamos para Ubatuba, onde chegamos tarde, mas eu não estava cansada porque tinha dormido no carro. A Fátima também.

Uma hora, eu precisei falar uma coisa de que tinha me esquecido com a minha mãe, e ela já estava no quarto com o portuga. Cheguei de mansinho perto da porta, ouvi que eles conversavam e bati. Ele me mandou entrar, eu disse o que queria e dei boa-noite.

No outro dia, ouvi quando ele me elogiava para os amigos, dizendo que sou muito educada, que não entro no quarto deles feito um furacão, sem pedir licença, que não deixo minhas coisas espalhadas pela casa toda, que sou cuidadosa e coloco sempre um descanso para os copos não mancharem os móveis, etc. e tal. Minha mãe ficou toda orgulhosa!

Quinta-feira, 14 de fevereiro

Temos ligado para a Jandira, mas o papo é sempre o mesmo. No próximo sábado, ela volta para casa. Já emagreceu seis quilos e está contente, apesar de reclamar que em Serra Negra não há muito o que fazer, e o tempo custa a passar.

Sinto falta da minha irmãzinha. Acho que, quando ela voltar, nós nunca mais vamos brigar. O apartamento fica vazio sem ela.

Ela diz que também está com saudade de mim.

Sexta-feira, 15 de fevereiro

Temos viajado bastante. Aliás, tirando o apartamento em Santos e a casa dos meus avós no interior, nós não íamos mesmo a nenhum lugar. Foi nos últimos tempos que as coisas mudaram.

A Aline vivia nos convidando para ir a Paris. Eu não queria ir de jeito nenhum. A Jandira resolveu aceitar, mas eles chegaram à conclusão de que seria muito chato para ela ficar sozinha.

– É muito dinheiro, *mon chouchou*, e não vale a pena gastá-lo se for para as meninas ficarem emburradas, reclamando – disse ela. – Quer dizer, elas têm de ir com alegria.

Eu sugeri:

– Então, prefiro pegar esse dinheiro e colocar na minha poupança. Acho muito mais útil do que viajar.

Antes que meu pai respondesse, ela já deu o contra:

– Não. Dinheiro é para ser usado, para ser gasto com prazer, na compra de coisas que nos acrescentem; não é para ficar juntando que nem formiga junta grão. Uma viagem é um investimento na cultura de vocês. Quando a pessoa viaja, aprende de tudo: geografia, história, arte, convivência, tolerância, aprende a se virar. Vê outros costumes, pessoas e lugares diferentes, e entende que não existe apenas uma única maneira de ser, agir ou pensar; portanto, se não for gasto numa viagem, esse dinheiro vai ficar onde está.

E assim foi feito, porque qualquer idiota já sacou que quem manda lá é ela!

Segunda-feira, 18 de fevereiro

Após um carnaval espichadíssimo, a Aline e o meu pai voltaram ontem. Não sei se vou aguentar esperar até sexta para ver o que trouxeram de presente para mim!

A Jandira também voltou, quer dizer, nós fomos buscá-la no sábado. O portuga foi junto. Ele foi dirigindo, já que a minha mãe não gosta de dirigir na estrada.

Minha irmã emagreceu quase sete quilos e, apesar de isso não ter feito tanta diferença no corpo, o rosto mostrou um bom resultado: ela está com o queixo mais fino, as bochechas menos redondas e os traços mais delicados. Achei que ela ficou mais bonita.

Ela trouxe um monte de papéis cheios de dicas e receitas *diet* para o dia a dia, não apenas para não engordar de novo, mas também porque, agora que aprendeu a comer direito, ela quer emagrecer mais outros sete quilos e ficar magrinha de vez.

Quarta-feira, 20 de fevereiro

Diário, ganhei um monte de presentes – mas só tenho olhos para o quadro que a Aline pintou!

Qualquer um dirá que sou eu – mas nunca que sou bonita daquele jeito!

Ela me pintou como se eu fosse uma sereia dentro de uma enorme concha aberta. Estou sedutoramente recostada num monte de conchas colocadas umas sobre as outras, com as pernas de lado como se fossem nadadeiras, cobertas de algas. Os cachos dos meus cabelos são conchinhas escuras e brilhantes. Para dar a ilusão de que eles são longos e esverdeados, algas despencam de duas estrelas-do-mar fazendo pose de prendedores. Em volta, no chão, o mar azul. Em cima, um céu escurecendo num tom de azul-noite belíssimo e uma lua derramando um brilho de prata sobre o conjunto.

Sim, sou eu. Mas não sou eu, entende?

Fiquei tão emocionada que não consegui falar nada por muitos minutos.

– Gostou? – perguntou a Aline, que estava esperando, de pé, ao meu lado.

– Maravilhoso! – consegui exclamar, em absoluto estado de graça. – Só que não sou tão bonita assim... – desabafei.

– É assim que vejo você – disse ela. – Linda e graciosa. Você tem um jeito misterioso, como se escondesse um tesouro, e isso é fascinante. É daí que vem esse seu ar sedutor, e foi por isso que eu a pintei como uma sereia. Dei ao quadro o nome de "Conchas e algas para uma bela sereia".

Meu pai entrou e ficou babando mais um pouquinho, porque é claro que ele já tinha visto a tela. Em seguida, foi buscar um martelo e um prego para colocá-la no lugar que a Aline já tinha escolhido para ela ficar, na parede oposta àquela onde está o retrato da Jandira.

No fundo do meu coração, eu não queria deixá-la ali, sozinha. Queria levá-la para a escola, para que todo mundo a visse; queria colocá-la no jardim, para que todos que passassem pudessem admirá-la; queria andar com ela pendurada no pescoço!

Escrevo e olho mais um pouquinho para esta "ela-eu". Puxa, nem Renoir faria melhor! Constato que, após tanto tempo com esse assunto colado dentro da minha cabeça, posso dizer agora que me esqueci da separação, da minha mãe, do meu pai, do português, de tudo o que me incomoda, e me sinto realmente feliz!

Quinta-feira, 21 de fevereiro

Ocupada com o meu belo quadro, esqueci de contar dos presentes que eles me trouxeram: um *nécessaire* chiquérrimo cheio de cremes, uma jaqueta linda, um porta-retratos todo transado e um conjunto de perfumes em miniatura simplesmente adorável, além de artigos de papelaria.

A Jandira ganhou um biquíni novo, quer dizer, é o único que ela tem e praticamente o primeiro. Você precisava ver a cara dela, diário! Também, meu pai e a Aline fizeram a maior festa, elogiando, impressionados, como ela tinha emagrecido, como ela estava bonita, como ela conseguiu!

Sexta-feira, 22 de fevereiro

Viajamos para Santos. Não aconteceu nada de novo, mas foi bom. Fomos à praia, andamos pelo calçadão, passeamos no Guarujá, dei uma olhada nos garotos, o que foi um bom colírio, pois tem muito garoto bonito por lá.

A Aline acha muita graça nas garotas das nossas praias, porque elas ficam de bunda de fora, mas escondem os seios com cuidado. Ela diz que na França é o contrário: todas as mulheres fazem *topless* e ninguém liga, mas a calcinha cobre a bunda inteira.

Deve ser muito engraçado! Ha, ha, ha!

Quarta-feira, 27 de fevereiro

Ontem, levei as minhas amigas para ver o meu quadro que a Aline pintou. Já tinha combinado com ela antes e fomos recebidas com lanche e tudo.

Uau, as garotas babaram tanto que inundaram a casa e nós quase morremos afogadas... Mas quem não as compreende? Se eu estivesse vendo uma pintura daquelas e o retrato fosse de alguma das garotas, eu também teria morrido de inveja!

Foi o maior sucesso.

Meu pai acaba de ligar, convidando a gente para ir lá na casa dele hoje à noite para ajudar a fazer geleia. Nunca fiz geleia na minha vida, mas deve ser legal. Como isso é um hábito europeu, só pode ter sido ideia da...

Bidu!

Quinta-feira, 28 de fevereiro

Foi demais! Ela tem maquininha de fazer geleia, precisa ver que *cool*! É fácil e muito gostoso. A Jandira também adorou, fizemos geleia *diet* para ela.

Depois de pronta, colocamos a geleia em vidros já usados – bem que percebi que a Aline os vinha colecionando há tempos... Ela os pintou um por um, e cada um de um jeito, um luxo! Acrescentamos um pedaço de pano xadrez para enfeitar a tampa e ficou tudo pronto! Amei de paixão!

Sábado, 2 de março

Decididamente, minha mãe enlouqueceu! Ela fica elogiando o portuga o tempo todo, não aguento mais! Não apenas ele tem todas as características que ela sempre sonhou encontrar em um homem (principalmente dinheiro!), como também todas as qualidades que no meu pai eram defeitos! É mole?

Por exemplo: meu pai é um pão-duro; o portuga é um homem que não fica jogando dinheiro fora. Meu pai é um chato que vive rodeado de amigos chatos que nem ele; o portuga é um cara alegre que adora ficar rodeado de amigos divertidos que nem ele. Meu pai é um egoísta que só pensa em si mesmo; o portuga é um cara que sabe que tem de cuidar de si mesmo, porque só a pessoa sabe o que é melhor para si. E assim por diante.

Agora, deu para dizer que a Aline me comprou com meia dúzia de perfumezinhos baratos e um quadro qualquer – que ela nem viu!

Diário, tem alguma coisa errada nisso!

Essa situação toda é igual a um quadro da Aline, quando visto de perto! Quem sabe, se eu tomar um pouco de distância... Mas neste momento, as imagens não se formam, os pontos não se ligam. É como uma mala tão cheia que não consigo fechar: algumas roupas ficam saindo pelas frestas, enfio uma para dentro e já outra pula para fora... Sabe um computador cheio de arquivos com nomes em códigos estranhos? Sabe um novelo de lã que o gato embolou?

Esta história me parece um quebra-cabeça de um milhão de peças – que não consigo montar, porque elas não se encaixam umas nas outras! Sem falar naquelas que estão faltando!

A Aline não é o monstro que minha mãe pintou.

O Joaquim não é o santo que ela quer me levar a crer que ele seja.

Quem é a Aline?

Quem é o Joaquim?

Mas também, diário, minha mãe muda tanto que eu não posso deixar de me perguntar: quem é a Gabriela?

De todos esses personagens da minha vida, meu pai me parece o mais claro: ele não gostava mais da minha mãe, foi embora, mantém com outra mulher uma relação de amor e respeito, e não fica caçando defeito na minha mãe para fazer parecer que ela foi a culpada pela separação. Ele apenas fechou a porta e foi viver a vida dele.

E eu?

Oscilo mais do que um pêndulo, mas acho que, no dia em que eu conseguir entender algumas coisas, vou melhorar e firmar posição.

A Jandira há muito se ajeitou e curte todas. Faz tempo que virou *ma petite*, como a Aline diz, a queridinha da mulher do meu pai. Quanto ao portuga, conforme ele mesmo fala, minha irmã é "tratada com muitos mimos". Quando ele chega, ela pula no pescoço dele e lhe dá sonoras bicotas nas bochechas, brinca com os bigodões dele, enquanto ele solta as suas conhecidas risadas escandalosas. Mas ela é criança, não pensa e analisa as coisas como eu...

Esse português acha que vai me comprar como compra a minha mãe, que fica toda macia por causa dos presentes, das viagens e da boa vida que ele lhe proporciona. Ela quase não trabalha mais, mas vive de roupa nova...

Eu estou fora! Ele tenta de tudo – desde presentes grandes até esfirras e hambúrgueres, que ela traz, dizendo que foi ele quem mandou – mas prefiro ficar longe dele. Minha mãe fica uma fera, briga comigo, mas eu não quero nem saber! Não consigo deixar de lembrar que ela bem que gostava quando eu fazia assim com a Aline. Ha-ha-ha para ela!

Domingo, 3 de março

Fim de semana normal, sem nada para contar além do óbvio.

Ficamos por aqui. Desconfio que minha mãe não ficou satisfeita, ela queria mais era ter sossego para sair com o portuga dela, jantar em paz, dormir na casa dele. Teve de voltar para casa e não ficou lá muito feliz...

Bem, fazer o quê, não é mesmo? A gente fica com o meu pai, mas tem dia que não dá, ela também tem de nos aguentar. Não posso fazer nada, se eles acham perigoso deixar a gente sozinha em casa à noite...

Terça-feira, 5 de março

O divórcio está rolando. Minha mãe fica com raiva e reclama do meu pai toda vez que recebe carta do advogado. Mas quem fala mentira é ela: imagine que ouvi uma conversa em que ela contava para uma amiga que o advogado dela é muito esperto e está exigindo uma pensão maior, porque nós moramos num apartamento tão pequeno que ela é obrigada a dormir no sofá da sala e que ela não pode trabalhar, porque a Jandira está muito doente, inclusive com seriíssimos problemas de peso.

Diário, isso não é verdade! Minha mãe está mentindo! Verdade é verdade, mentira é mentira, em qualquer lugar do mundo e a qualquer momento! Existem coisas que têm dois lados, mas o que ela está alegando é men-ti-ra! Isso é falsidade, é uma inverdade, é fantasia, é qualquer coisa que expresse a mesma ideia, só verdade é que não é!

Depois de tudo isso, como posso confiar nela?

Quinta-feira, 7 de março

Agora, quem mais gosta de ir à casa do meu pai sou eu. Adoro quando a Aline e eu subimos para o sótão-ateliê e nos afundamos num mundo mágico de tintas e emoções que nada pode perturbar. Às vezes, ela fica comigo; nessas ocasiões, podemos conversar ou não, dependendo do trabalho, pois pintar exige concentração; outras vezes, ela me deixa sozinha. Disse que posso usar o que eu quiser. Ela me mostrou um lado, onde pôs, separado, as coisas que não devo mexer: as telas nas quais está trabalhando, as tintas mais caras e especiais, os objetos que pinta e não quer que saiam do lugar, etc.

Ela me contou que sou a única pessoa que entra no ateliê. A empregada não vai lá nem para limpar. A Aline faz questão de fazer isso pessoalmente.

Temos conversado bastante. Ela ainda fala meio errado, mas dá para entender legal. O sotaque de muitos erres é até interessante e não me incomoda. Às vezes, dou risada quando ela troca uma palavra ou uma sílaba, ela ainda fala engraçado.

Outro dia, num desses papos, perguntei o que lhe causou mais surpresa quando ela chegou ao Brasil.

Ela respondeu que ficou horrorizada com a pobreza de uma grande parcela da população do país.

"Como o Brasil pode deixar seus filhos passando fome, se exporta alimentos? Como podem existir os sem-terra, se o que mais tem nesse país é terra vazia?", ela se perguntava.

E disse que continua até hoje se fazendo as mesmas perguntas, porque não é possível respondê-las de uma hora para outra. Este é um tema para se refletir.

Ufa, ainda bem, respirei aliviada, já que não fazia a menor ideia da resposta.

– E você já pensou? – perguntei, timidamente.

– E como! – respondeu ela, explicando: – Isabela, a miséria foi construída pela indiferença dos ricos em relação à infelicidade dos pobres – ela me olhou um instante, o pincel parado no ar, e perguntou, de repente: – Você acha que a escravidão foi realmente abolida no Brasil?

Fiquei sem saber o que responder. Sempre ouvi dizer que sim, que a Lei Áurea foi assinada pela princesa Isabel, no dia 13 de maio de 1888, mas ela mesma continuou:

– Pois eu lhe digo, Isabela, que ainda não foi. Porque a grande maioria dos pobres é composta de negros. Eles são tratados como se não fossem gente: não têm uma vida digna e nem mesmo o direito a um futuro melhor, porque não podem estudar, condenando seus filhos à mesma vida miserável.

Pirei! Não apenas nunca tinha pensado nisso, assim, desse jeito, mas também nunca tinha ouvido falar em escravidão no Brasil atual, em alguém que espancasse seus empregados, por exemplo, e disse isso a ela, que respondeu:

– Preste atenção nos detalhes, Isabela: o senhor de antigamente virou o empresário; o escravo virou o trabalhador humilhado, mas a relação é a mesma e os símbolos estão todos aí!

Ela ainda falou um monte, mas eu não entendi tudo. Sabia que era verdade, porque não era a primeira vez que ouvia falar nisso e, principalmente, porque tenho dois olhos na cara e um cérebro na cabeça, quer dizer, eu também já tinha me feito muitas perguntas sobre o tema, embora nunca daquele jeito dela.

– Este foi o meu primeiro choque – disse ela. E, mudando o

tom de voz, continuou: – Paris hoje está cheia de negros. Se você visse como eles são chiques!

– Como assim? – perguntei, espantadíssima. – Sempre achei que nunca tivesse tido escravidão na França!

Ela confirmou que é verdade, explicando que os negros vieram das colônias francesas na África. E contou que eles têm o maior orgulho da sua raça, que usam túnicas coloridas (inclusive os homens), e que os penteados das mulheres são superinteressantes: elas não alisam o cabelo; ao contrário, valorizam o cabelo do jeito que ele é, enchem-no de trancinhas, de apliques, de enfeites, tudo bem natural, à moda afro.

Achei o máximo, mas ela encerrou o assunto, dizendo:

– Tem muita coisa mais... Se você quiser conversar a respeito, faremos isso mais tarde, porque agora preciso sair.

E assim acabou a primeira parte da conversa. Espero sinceramente que não demore muito, porque estou curiosa sobre o que ela tem a dizer.

Segunda-feira, 11 de março

Fomos de novo para Santos. Já não faz mais tanto calor, mas ainda está bom para ir à praia. Passeamos, andamos no calçadão, fomos para o Guarujá...

Sabia que a Aline não entra na água? Mal molha os pés, por maior que seja o calor. Às vezes, ela fica um tempão observando o mar com aquele mesmo olhar vazio que usa para olhar para mim, principalmente no final da tarde. Ela fica triste, é tão estranho, qualquer dia eu pergunto para ela. Mas perguntar o quê?

Em Santos, tivemos oportunidade de conversar bastante. Meu pai participava ou não, dependendo do que estivesse fazendo.

Infelizmente, hoje não tenho tempo para contar nada, diário, mas prometo para amanhã, com certeza!

Terça-feira, 12 de março

Cumprindo minha promessa, aí vai um resumo da conversa que tivemos, a Aline e eu.

Ela contou que a segunda coisa que a intrigou, ao chegar ao Brasil, foi a situação das empregadas domésticas – assunto bastante ligado ao nosso papo anterior, ela lembrou.

– As empregadas fazem todo o serviço da casa, trabalham até à noite (principalmente as que moram no emprego) e recebem um salário indigno, se se levar em conta o número de horas trabalhadas – disse ela. – Mas pior ainda é a maneira como são tratadas! É aí que eu pergunto a você, Isabela: você acha que aqueles cubículos onde elas dormem, por exemplo, são muito diferentes de uma senzala?

Eu não sabia o que dizer. Fez-se um silêncio tão comprido que eu quase dei um nó nele, para ver se parava de crescer, mas consegui contê-lo, perguntando se na França é diferente.

Ela riu, e o ar ficou mais leve.

– Lá não existe empregada desse jeito brasileiro – explicou. – Cada um cuida das suas coisas, o casal divide o trabalho doméstico e, se a pessoa ganha bem, contrata uma *femme de ménage* para limpar a casa, algo assim como uma faxineira daqui. Elas custam um preço real, quer dizer, o serviço é pago por hora de trabalho como qualquer outro, e não é barato.

Fiquei impressionada! Não sabia o que dizer.

Ela falou bastante das coisas que via, explicando que, quem vem de fora, com outra cultura e outros costumes, analisa mais; quem está vivendo no meio (eu, por exemplo) acha normal e custa para ver o que está errado.

– Quem tem dinheiro é totalmente indiferente à miséria de quem não tem, e ainda fica ostentando sua riqueza como um troféu. Isabela, na França isso é inimaginável, porque é imoral. Pense comigo: se os ricos usassem um pedacinho do seu dinheiro – digamos, o que gastaram para encher suas casas de alarmes sofisticados, muros e grades – para construir e manter mais escolas, quanto não seria mudado em poucos anos? Victor Hugo, acho que você conhece, genial poeta e autor francês do século XIX, escreveu: "Quem abre uma escola fecha uma prisão".

Eu não sabia o que dizer, mas o tema era deveras interessante, e eu tinha certeza de que a Aline estava certa. Ela continuou:

– Isabela, os privilégios são invisíveis para quem os tem e passam a ser considerados "um direito". Nós precisamos ser inteligentes e enxergar além daquilo que nossos olhos nos mostram, de modo a lutar por uma vida melhor para todos, e não ficar pensando só na gente.

Era tanta pergunta que ganhei mesmo foi outro nó na cabeça!

Quarta-feira, 13 de março

As conversas com a Aline não me saem do pensamento. Tento falar nisso com as minhas amigas, mas parece que metade delas não tem opinião a respeito, e a outra metade não está interessada.

Só uma ou outra realmente curte que nem eu. Enfim...

Vamos às novidades: o portuga vem jantar aqui em casa hoje. Desconfio que seja uma manobra da minha mãe para me aproximar dele. Ela não falou mais nada sobre ele, nem bem nem mal. (Mal? É ruim, hein?!)

Fiquei com bode daqueles dois. Minha mãe falou tanta mentira que agora coloco um ponto de interrogação depois de cada frase que ela diz. E ele fala demais, me deixa cansada.

Tem festa de novo no sábado. Aniversário do Mauro. Vai ser numa danceteria. Espero que minha mãe não atrapalhe os meus planos.

Quinta-feira, 14 de março

A Jandira segue fazendo regime e emagrecendo, é claro. Ela tem muita força de vontade. Já perdeu quase dez quilos. Agora, sim, a gente vê uma diferença grande nela. Não tem uma roupa que sirva, mas ela não reclama, porque quer comprar tudo novo quando emagrecer os quatorze quilos que pretende. O martírio já está quase acabando, mas isso ainda leva pelo menos mais de um mês de regime e outro de manutenção. Acho que ela só vai comprar roupa para o inverno.

Depois: O jantar foi o que era de esperar: chato. O português falou e falou e falou e falou. Ele é alegre e simpático, dizem as pessoas, mas eu acho incrível como ninguém consegue dizer uma frase inteira quando ele está por perto! Mesmo quando pergunta, ele não ouve a resposta. Ele só gosta de falar.

Minha mãe mal abre a boca, mas os olhos brilham de admiração por tudo o que ele conta. Ela adora o jeito de ser dele. E uma coisa fica muito clara para mim: esse português é tão diferente do meu pai que, se a dona Gabriela gosta de um, nunca poderia ter gostado do outro. Ou poderia?

Sexta-feira, 15 de março

O português nos levou para comer uma bacalhoada. Acabamos de chegar do restaurante e ele está na sala com a minha mãe. Quer viajar para Ubatuba, mas mamãe não sabe o que fazer, porque eu tenho o aniversário do Mauro para ir. Enquanto eles resolvem isso, vamos bater um papo.

Eu tinha ficado muito impressionada com aquela conversa que a Aline e eu tivemos, e durante o jantar perguntei ao Joaquim qual era a opinião dele sobre a situação das empregadas domésticas no Brasil.

Sabe o que ele me respondeu?

Que elas devem se achar muito felizes, porque pelo menos têm um emprego. Que mulher foi feita para cozinhar, limpar, lavar e passar. Que morar na casa da gente é muito melhor do que morar na favela. E ficava repetindo que cada um tem de conhecer o seu lugar, só isso, ora, pois, pois.

– Mulher gosta de ficar em casa, de ter um homem que cuide dela, de ser tratada como uma princesa – declarou ele. – Esse negócio de trabalhar fora, de dar duro, de lidar com o mundo é para o homem. Para a mulher, é bom levar uma vida mais sossegada, para ela se sentir tranquila e ser sempre bonita e gentil. Por isso, para uma mulher pobre, é perfeito que o seu trabalho seja mesmo numa casa de família.

Meus olhos ficaram tão arregalados que a minha mãe me deu um chute por baixo da mesa. Mas ele não percebeu, continuou falando tudo emendado, daquele jeito dele. Pisquei, e ele dizia que, na casa dele, ele tem de ser o chefe, e que ele espera que a mulher dele reconheça isso e o trate sempre com o respeito que um chefe merece.

Diário, eu não conseguia mais comer! Fiquei ciscando a comida, virando e mexendo, empurrando e trazendo de volta com o garfo... Só que, dessa vez, eu não tinha nenhum nó na cabeça: tudo era perfeitamente claro para mim!

Quando eu disse que ainda havia escravidão no Brasil, o português quase morreu de rir e só faltou me chamar de louca!

– Você diria que não existe preconceito racial no Brasil? – mudei a pergunta para ver se vinha outra resposta.

– Preconceito? – cuspiu ele, tão duro e debochado que as palavras saíram como um arroto. – Se o negro tiver dinheiro, vai ser aceito em qualquer lugar e tratado como igual a um homem branco, amarelo ou azul!

Diário, tudo para esse cara começa e acaba com dinheiro!

Só uma coisa me deixou chateada: acho que a minha mãe concorda com tudo o que ele disse, porque ela não abriu a boca nem mesmo para protestar – coisa que até a Jandira tentou!

Domingo, 17 de março

Novidade: gato novo no pedaço!

A balada de ontem foi bem *cool*. Eu nunca tinha ido a uma danceteria daquelas! Não pudemos ficar até tarde, porque a festa acabaria às onze horas, e o meu pai e a Aline iriam me buscar, mas eu não queria voltar para casa.

Dancei o tempo todo, e o Mateus, que também foi, não tirou os olhos de mim, mas acabei ficando com um outro garoto que conheci lá. Acho que esse negócio de ficar com os garotos da minha classe é muito chato. Além do mais, eles parecem tão crianças...

O João Pedro, esse que conheci na danceteria, vai fazer 18 anos. Gostei muito mais de ficar com um garoto mais velho. Eles têm um papo melhor também. Não que eu tivesse falado desses assuntos que não saem da minha cabeça, mas foi legal conversar sobre outras coisas.

Ele contou que o pai e a mãe também são separados, mas que ele não se preocupa com isso. A mãe casou-se novamente, o pai tem uma namorada, ele mora com a mãe e o marido dela, mas circula legal pelas duas casas.

– Há muitas vantagens em ter dois de tudo – disse ele. – A gente só precisa entender que são duas casas diferentes, com pessoas diferentes e costumes diferentes.

Combinamos de nos vermos no próximo final de semana e trocamos telefones.

Estou aqui com o meu pai e a Aline. A Jandira foi com a minha mãe para Ubatuba. Depois daquele jantar, juro para você que não vou conseguir olhar para a cara daquele português por um bom tempo!

Será que ele é o homem certo para a minha mãe?

Comentei isso com o meu pai, mas ele respondeu que quem sabe o que é melhor para a minha mãe é ela mesma e encerrou o papo.

Terça-feira, 19 de março

Ha, ha, ha! Acabou de acontecer uma coisa muito engraçada!

O telefone tocou e eu atendi.

– Quero falar com a tua mãe – disse uma voz com sotaque português.

"Que grosseria!", pensei. E, antes de ter realmente consciência do que fazia, resolvi fingir que não sabia quem era.

– Pois não? Com quem o senhor quer falar?

Acho que ele pensou que alguma amiga minha tivesse atendido o telefone.

– Com a Gabriela – respondeu.

– Quem vai falar, por favor? – perguntei.

– Joaquim – disse a voz inconfundível.

– Ah, é você, Joaquim? – eu disse, toda alegre. – Aqui é a Isabela. Como vai, tudo bem?

– Oi, Isabela – respondeu ele, agora mais educado. – Posso falar com a tua mãe, por favor?

– Um minuto só. Tchau.

– Obrigado, Isabela – disse ele. – Um abraço.

– Outro para você, Joaquim – respondi.

Diário, que coisa mais mal-educada, isso de não cumprimentar os outros ao telefone, desse jeito! Esse português pode ter dinheiro, mas é um grosso!

À noite: O João Pedro me ligou! E me convidou para encontrá--lo no *shopping*, amanhã à tarde!

Quarta-feira, 20 de março

Uau, diário, nem conto! Saí com o João Pedro e foi d+++!

Conversamos, tomamos sorvete, fomos ao cinema e "ficamos", é claro!

Acho que estou apaixonada por ele!!!

Quinta-feira, 21 de março

Não quero ficar contando muito do João Pedro, porque sempre tenho medo de que alguém leia, mas ele tem um beijo tão gostoso...

Vamos falar de outra coisa.

A Aline está entrando numa nova fase de pintura, e estou ainda mais apaixonada pelos quadros dela! Até contei isso para ele. Ela vê São Paulo de um jeito tão especial que fiquei babando! Pintou uma tela enorme, cheia de prédios no meio e com uma mata exuberante em volta, absurdamente sensacional. Disse que é a Mata Atlântica em volta da cidade artificial de cimento, vou tentar fazer um desenho para você.

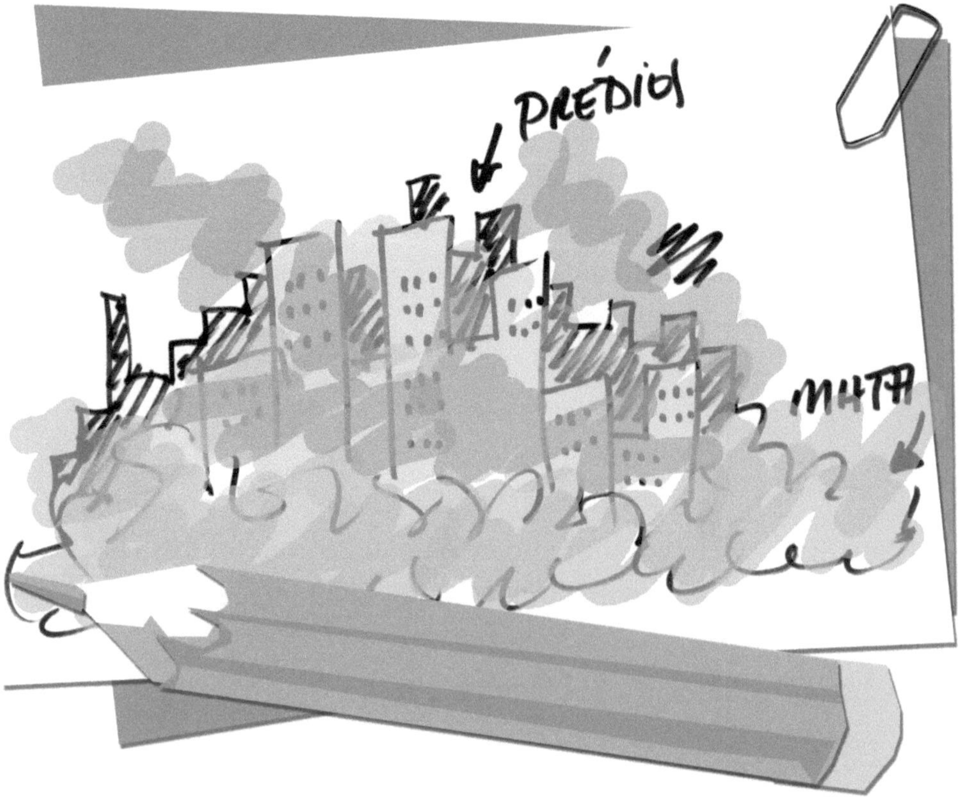

Quinta-feira, 28 de março

Já não existe mais aquela história de a gente vir para a casa do meu pai um fim de semana sim, outro não. Venho quando quero, a Jandira também, embora ela venha menos, porque gosta do português. Mas eu, quando posso escolher, sempre estou aqui.

Às vezes, nós também saímos os três – a Aline, meu pai e eu; em outras ocasiões, fico em casa ou saio com as minhas amigas, e eles me buscam ou levam, revezando-se com a mãe e o pai das garotas.

O que eu mais gosto aqui é de ficar pintando com a Aline. Tenho aprendido muito com ela, que é uma professora gentil e paciente. E temos conversado também: ela é uma mulher que pensa sobre as coisas que acontecem no mundo, e eu também aprendo muito sobre isso. Ela tem umas ideias que não vejo ninguém tendo, se é que você me entende. Com ela, posso conversar: ela não se recusa a falar sobre nenhum assunto e me ouve sempre, além de nunca ficar horrorizada se digo alguma besteira ou não entendo o que ela quer dizer.

Como não arranquei nada do meu pai, comentei com a Aline aquela conversa que o portuga e eu tivemos, que terminou com ele falando aquele monte de besteiras sobre as mulheres.

Em momento algum ela falou mal da minha mãe ou mesmo do portuga (achei isso muito fino da parte dela) e levou o assunto para um lado mais geral, dizendo que muitos homens são como ele, machões, e que nós, as mulheres, nunca devemos esperar que a igualdade de direitos entre o homem e a mulher nos seja dada de bandeja, explicando:

– Você se lembra quando eu lhe disse que os privilégios são transparentes para quem os tem? As pessoas se acostumam com eles e ficam ofendidas quando alguém quer "tomá-los", pois julgam-se no "direito" de tê-los. Acontece a mesma coisa com os homens. Muitos não conseguem ver a mulher com igualdade e querem ser o "chefe" delas, como uma maneira de manter seus privilégios. Eis um belo dragão contra o qual temos de lutar.

Não entendi muito bem, e ela explicou que a gente faz isso quando não aceita ser tratada como um ser inferior e se impõe como o ser humano inteiro e capaz que é.

– Uma mulher não é uma criança ou um pedaço de gente incapaz de fazer alguma coisa por conta própria – continuou ela. – Muitos homens tratam as mulheres como bonequinhas, transformando-as em animais de estimação que existem para o prazer do seu dono, paparicando-as, mas desrespeitando-as como ser humano.

Arregalei os olhos:

– Você acha que é isso que está acontecendo com a minha mãe? O Joaquim só sabe paparicá-la e não dá a menor bola para o que ela diz!

– Estou falando num sentido amplo, não me refiro à sua mãe, exatamente – disse ela. – Mas acho que é importante para qualquer pessoa ter uma vida própria, ter seus próprios interesses, ter uma opinião sobre o que acontece no mundo, trabalhar, pagar as suas contas, ter amigos e amigas, sair com eles, não ficar dependendo do parceiro para tudo.

Ela tirou um livro da estante e leu para mim:

– Acho que você já ouviu falar de Platão, um filósofo grego que viveu há mais de dois mil e quatrocentos anos. Ele achava que as mulheres eram tão capacitadas quanto os homens para fazer qualquer coisa, e repetia: "Um Estado que não forma nem educa suas mulheres é como um cidadão que treina apenas o braço direito".

Fiquei pensando muito em tudo isso, porque sei que a Aline tem razão. Conheço garotas que só querem sair se os garotos forem, só se enfeitam para eles, estão sempre colocando os homens em primeiro lugar na vida delas, preocupando-se com eles, o que vão pensar, o que vão achar, o que vão dizer... Sempre achei uma babaquice e nunca fiz parte desse grupo.

Estou preocupada com a minha mãe. Esse português é muito machão!

Quarta-feira, 3 de abril

Levei o João Pedro à casa do meu pai e da Aline só para mostrar o meu quadro para ele. Diário, você precisava ver a cara que ele fez! Ficou babando mais do que o meu pai!

Ele adorou a Aline e ficou encantado com os quadros dela. Eu nem queria mostrar os meus, mas ele insistiu e parece que realmente gostou deles também. Quando comentei que ela pintava muito melhor do que eu, ele riu muito e disse que ela é a minha professora, e que tem certeza de que ela tem o maior orgulho de mim como aluna, pois até ele pôde ver os progressos que fiz, comparando o que pintei nos últimos meses. Ele não é lindo?

Viajei no feriado para Campos do Jordão. Minha mãe insistiu muito que eu fosse com ela e o Joaquim. Acabei concordando, mesmo porque eu queria conhecer aquela cidade, que achei uma graça! Fez um dia fresco e gostoso, deu para curtir. Passeamos, fizemos compras... Foi bom.

A Jandira, elegantíssima, comprou malhas bonitas para o inverno e nem olhou para os chocolates que se ofereciam nas vitrines vistosas.

O Joaquim continua o mesmo: fala, fala, fala... Entre uma frase e outra, segue pagando tudo, contente por ter uma plateia cativa.

Minha mãe também permanece a mesma: uma excelente ouvinte que concorda com tudo e, quando abre a boca, solta duas besteiras, nas quais ninguém presta atenção.

Eu, porém, não sou mais a mesma Isabela de antes, muito menos a de antes de antes. Eu agora pareço outra pessoa. Eu me sinto outra pessoa. Não fico mais pensando desaforos como resposta a tudo o que eles dizem. Não me irrito por qualquer coisinha, não sinto mais raiva. Acho que entendi que a vida é mais forte do que eu e que não adianta espernear. Entendi também que cada um sabe o que é bom para si e que eu não tenho o direito de escolher o que é melhor para os outros.

É claro que não concordo com muita coisa que o Joaquim fala, mas isso já não me incomoda mais. Até dou risada, ele é mesmo um cara divertido.

Uma coisa, porém, ainda me intriga: como é que pode alguém pensar que tem razão sempre, como ele? Que sabe tudo? Que nunca erra? Legal mesmo é conversar quando a outra pessoa ouve o que a gente fala também!

Uma hora, saiu assunto de casamento, e eu perguntei ao Joaquim de quem tinha sido a culpa da separação, no caso dele.

Sabe o que ele respondeu? Claro que sabe, que você não é trouxa e já aprendeu a conhecer as pessoas, que nem eu. Mas eu confirmo, para você ter certeza: ele disse que a mulher dele era blá, blá, blá, uma pessoa difícil, que não queria entender que ele blá, blá, blá de novo! Resumindo: a culpa é dela!

Alguma novidade?

Quarta-feira, 10 de abril

Sabe o que o João Pedro disse para mim? Você não vai acreditar!

Ele disse que acha mais bonito uma garota com o peito pequeno do que grande! Será que é verdade? Eu estava até sonhando em colocar um silicone...

Mesmo se não for, foi muito gentil da parte dele.

Sexta-feira, 12 de abril

"Eu sou feito do mesmo material de que são feitos os sonhos." (William Shakespeare)

Que lindo, diário! Não é à toa que esse cara é considerado um gênio!

Sonhos... Quem não os tem?

Eu gostaria de ser uma *top model.* Todas as minhas amigas gostariam. Eu levo vantagem na magreza e, nessas horas, é bom ser campeã de natação, mas nunca vou conseguir nada com esse raio de cabelo "gordo" e armado! Será que algum cabeleireiro do mundo consegue domar essa juba? Duvido.

De qualquer maneira, acho que é só sonho mesmo, porque não gosto de fotografia. Nunca saio bem nas fotos. Gostei de ser pintada, porque a Aline escondeu meus defeitos e destacou as qualidades.

Por outro lado, minha vida já está escolhida: vou ser pintora. Não sei se serei retratista como a Aline, mas ainda tenho tempo para descobrir o que mais gosto de pintar. Por enquanto, gosto de tudo, quer dizer, cada dia estou apaixonada por um estilo ou uma pintura diferente.

O que será que a minha mãe quer da vida? Não consigo definir claramente. Misturo um pouco as coisas dentro da minha cabeça, porque ainda acho impossível ela ter gostado do meu pai e hoje gostar do Joaquim... Chego a admitir que talvez ela não fosse mesmo muito feliz com o meu pai. Eles brigavam tanto! Com o Joaquim ela não fica brigando, mas também vai ver que é porque eles não moram juntos. Sei lá. Talvez não tenha nada a ver.

Hoje, consigo vê-la como uma pessoa inteira, quer dizer, com defeitos e qualidades. Antigamente, eu achava que ela estava sempre certa, mas hoje sei que ela também erra. O legal foi que eu não deixei de gostar dela por causa disso. Ao contrário, parece que essa compreensão aumentou o meu amor por ela. A diferença é que eu não fico sempre dando razão só para ela, sem pensar, só isso.

Sábado, 13 de abril

Acho que o João Pedro e eu estamos namorando...

Temos conversado muito. Ontem saiu assunto de casamento, e eu perguntei de quem ele achava que foi a culpa pela separação dos pais dele.

Ele me olhou de frente:

– Isabela, não existe isso de culpa. São duas pessoas vivendo juntas. De repente, uma deixa de concordar com a outra, os dois começam a trilhar caminhos diferentes, o amor acaba... Ficar junto para quê? Não há mais um objetivo comum. Minha mãe nunca se cansou de repetir isso para mim, e meu pai também falou mais ou menos a mesma coisa, quando eles se separaram.

Fiquei surpresa e insisti:

- Mas não tem um que foi mais culpado do que o outro?

- Se for usar a palavra *culpa*, ela será sempre dividida meio a meio, cinquenta por cento para cada um. Existem casos especiais, mas normalmente é assim, e com os meus pais não foi diferente.

- Minha mãe sempre diz que a culpa pela separação é toda do meu pai.

- Acho que ela pensava assim antes, porque estava magoada - respondeu ele. - Minha mãe falava mal do meu pai no começo, mas hoje ela reconhece o que fez. Talvez o mesmo já esteja acontecendo com a sua.

Terça-feira, 16 de abril

Hoje faz um mês que o João Pedro e eu nos conhecemos... Não é lindo? Parabéns para nós! Comemoramos com muitos beijos, uma *pizza* e... Ai, você não vai acreditar... Mas é verdade: ele me presenteou com duas entradas para a gente ver as gordinhas do Botero no Museu de Arte de São Paulo, o Masp. Fiquei tão emocionada!

Também como uma forma de celebrar a data, vou iniciar um diário que fale só dele num caderno lindo que comprei na Feira Mix, um tempão atrás. Pretendo contar sobre os lugares a que fomos, o que fizemos, o que aconteceu entre nós etc. etc. etc.

Não fique com ciúme, diário, mas esse caderno é de papel reciclado e tem a capa de folhas de plátano amareladas, coladas e costuradas com um cordão de uma cor da mesma família, só que em outro tom, um luxo! Na época, fiquei com pena de usar na escola. Então resolvi guardá-lo, pensando: "Vou usar este caderno como diário, se um dia eu for feliz".

Esse dia chegou! Hoje, sinto que sou feliz.

Quinta-feira, 18 de abril

Muitas das conversas da Aline começaram a clarear na minha cabeça. Às vezes, comento com o João Pedro, e a gente anda pensando junto sobre esses assuntos.

A Aline explicou uma outra coisa que nenhum de nós tinha entendido: essa ideia de que as pessoas são iguais. Como posso ser igual a uma garota japonesa ou indiana? Mas ao mesmo tempo somos gente, seres humanos, temos dois braços, duas pernas, uma cabeça... Somos iguais, não somos?

O segredo está na diferença – não entre as pessoas, mas entre duas palavras: "diferença" e "desigualdade". Uma pessoa pode ser diferente da outra e não ser desigual. Eu sou diferente de uma garota japonesa, mas, se tivermos os mesmos direitos, seremos iguais, entendeu, diário?

Vou dar o exemplo que a Aline usou: "desigualdade" é quando uma pessoa é rica e a outra é pobre, quer dizer, diante da riqueza, uma tem e a outra não tem. O Brasil é um país de muitas desigualdades. Por exemplo, a que existe entre brancos e negros. Isso é o racismo. A Aline diz que o brasileiro tem mania de dizer que não é racista, mas não é verdade, e nisso o João Pedro e eu concordamos com ela. Ela acha que essa é a grande sacada do racismo: ao negar a sua existência, impede que lutemos contra ele.

Adoro gente que pensa!

Sábado, 20 de abril

Ontem, surgiu uma oportunidade e perguntei para a minha mãe sobre a culpa na separação. Sabe o que ela respondeu?

– Antigamente, eu falava muito mal do seu pai, Isabela, mas agora me arrependo. Eu também cometi muitos erros.

Só então me dei conta: ela parou de falar mal do meu pai e eu nem tinha reparado! E nunca mais chamou a Aline de Fefê! Nem quando teve audiência do divórcio ela disse alguma coisa ruim deles!

É, acho que todo mundo mudou um pouco...

A vida é engraçada: a gente tem a impressão de que todos os dias são parecidos, mas não é verdade. Só porque fui jantar com a minha mãe e o Joaquim, por exemplo, não quer dizer que foi tudo igual, apesar de as aparências insistirem que sim. As conversas vão mudando, a maneira como a gente se relaciona também. Sem falar nos lugares, mas isso é mais claro. Só uma coisa não muda: ele adora contar casos para divertir a gente, e minha mãe (que dúvida!) baba...

Na semana que vem começam as provas. Tenho de estudar!

Domingo, 28 de abril

Vou aproveitar que tenho um tempinho e colocar as novidades em dia.

Tenho visitado os museus e galerias de arte de São Paulo, visto várias exposições e curtido tudo o que posso de pintura de todas as épocas e estilos. O mínimo que posso dizer é: estou perdidamente apaixonada! É lindo demais! Não saberia sequer dizer do que gosto mais, porque ainda estou vivendo a fase do deslumbramento, do gostar de tudo. A Aline, grande companheira dessas visitas, diz que depois que essa fase passar eu descubro. E que não preciso ter pressa.

Minhas últimas conversas com ela têm sido sobre as soluções para os problemas do Brasil. Ela acha que não existe solução que não passe pela escola. É claro que primeiro seria preciso alimentar essas pessoas – "criança que não come bem tem a sua inteligência afetada", disse ela. Isso não é horrível?

Ela diz também que todo mundo já não tem mais dúvidas de que a solução está na cultura, nos estudos, na oportunidade de aprender para poder pensar, analisar, refletir e escolher com consciência.

– Quando a pessoa é jovem, quer mudar o mundo – disse ela –, mas o mais importante é mudar a si mesmo. Por incrível que pareça, é muito mais difícil. E só quando a pessoa muda por dentro é que consegue mudar o mundo.

Conversamos sobre isso, mas eu queria soluções mais práticas e menos blá-blá-blá (que ela chama de filosofia). Então, perguntei:

– Aline, o que a gente pode fazer? Eu, você, pessoalmente?

– Muita coisa! – respondeu ela, com um sorriso. – Seu pai e eu, por exemplo, acabamos de adotar duas meninas.

– O quê?

Percebi, tarde demais, que tinha gritado. Mesmo porque imaginei as duas meninas chegando para morar com eles, e um ciúme esquisito me assaltou.

Ela riu. Não saberia dizer se ela tinha percebido, mas foi logo explicando:

– Elas vão continuar morando na casa delas, com os pais delas, que é como se faz hoje em dia. Mas somos nós que vamos sustentá-las, pagando escola, livros, alimentação, roupas, etc.

Fiquei envergonhada, mas não pude deixar de respirar aliviada.

– Estou dando aulas de pintura numa creche também – contou ela, com a maior naturalidade, fingindo que não percebia meus sentimentos.

Meus olhos brilharam.

– Posso ir com você, qualquer dia?

– Com certeza! – respondeu ela. – E você também pode fazer alguma coisa lá, se quiser.

Foi a minha vez de responder:

– Com certeza!

Quarta-feira, 1.º de maio

Feriado no meio da semana é terrível: a gente acaba boiando por aí, sem nada para fazer... Ainda bem que tenho a minha arte para me ocupar! E o meu namorado, claro!

Entre provas, pinturas e o João Pedro, não tenho tido tempo para escrever. Mesmo porque não tenho grandes coisas para contar, apenas umas conversas que tive com a minha mãe, mas acabaram ficando sem interesse, porque ela não consegue conversar. Acho que ela não pensa sobre as coisas que acontecem à volta dela, sabe como é? Eu faço uma pergunta, ela não presta atenção e responde com outra pergunta sobre um assunto diferente... Acho que ela ficou igual ao Joaquim. Ou talvez já fosse assim antes, eu é que não tinha notado. Só sei que, contra isso, não posso fazer nada!

A Jussa está de namorado, um carinha superengraçado chamado Luís Antônio. Às vezes, a gente sai, os quatro, e é muito legal.

À noite: Fui tomar sol com o João Pedro na casa da Aline. E sabe o que ela tinha comprado para mim? Um *baby lis* para arrumar os cachos. Fiquei louca para experimentar. Não aguentei, deixei o João Pedro de papo com o meu pai e nos trancamos no banheiro.

Diário, meu cabelo ficou uma gracinha!

Acho que agora eu paro de reclamar dele!

Quinta-feira, 2 de maio

Queria contar logo as novidades para você, mas parece que os fatos se atropelaram e preciso me dar um tempo calmo para descrever o que aconteceu. A surpresa foi tão grande que não vou me afobar e sair contando. Ao contrário, assim como numa história de suspense, vou fazer você sofrer a tortura do leitor que quer logo saber tudo.

A Aline vai hoje à noite para Paris, e fui para a casa dela, à tarde. Ela estava muito triste, diário. Pensei que fosse por causa do meu pai, ela sempre reclama que detesta ficar longe dele, mas a tristeza dela era grande demais, e não resisti a comentar isso com ela. Aproveitei até para dizer que eu já tinha reparado como ela olhava o mar.

Ela respirou fundo e baixou os olhos. Não vi, mas tive certeza de que eles estavam cheios de lágrimas.

– Eu tive uma filha, Isabela... – começou ela. – Prendi a respiração, porque senti que ia, finalmente, ter a resposta para muitas daquelas perguntas que tantas vezes me fizera. Não disse nada para não atrapalhar o momento. Ela segurou as minhas duas mãos, me olhou nos olhos e perguntou: – Quer ouvir a minha história? – Não esperou resposta, porque não precisava, eu apenas balancei a cabeça e ela já continuava: – Eu era viúva quando conheci o seu pai. E tive uma filha, sim... Uma linda filha.

– Você? Como eu nunca soube?! – não pude deixar de perguntar e exclamar ao mesmo tempo.

– Você nunca me perguntou... – ela sussurrou.

Mas ela não falava com nenhum tipo de mágoa. Era apenas a expressão de um fato. Coisa corriqueira.

Fiquei sem graça, porque era verdade, mas também estava curiosa. Imaginei o que teria acontecido, mas queria saber os detalhes. Por que será que a morte desperta tanta curiosidade na gente? Que importa saber como uma pessoa morreu? Então, por que sempre é essa a primeira pergunta que fazemos? Dessa vez não foi diferente, e eu me vi perguntando, estupidamente:

– Seu marido morreu do quê?

– Afogado.

Dei um grito:

– Afogado?!

Para mim, não pode haver morte pior.

– Um acidente com o barco, na Grécia, no Ano-novo – contou ela.

Os olhos azuis estavam cinzentos e ficaram olhando o vazio por um longo momento, daquele mesmo jeito que ela costuma olhar o mar. Mas agora pude ver neles um barco navegando nas lágrimas, suavemente, cheio de gente feliz bebendo champanhe.

– O que aconteceu? – perguntei, sem conseguir me conter. Sabia que estava sendo indiscreta, que ela estava sofrendo, mas não consegui resistir.

Ela não se importou de explicar:

– Uma onda muito grande virou o barco. Meu marido ficou preso debaixo dele e não conseguiram tirá-lo a tempo.

– Onde você estava? – perguntei. Ah, a curiosidade deveria ser considerada um pecado capital! Ela abaixou a cabeça e murmurou, num fio de voz:

– Eu estava junto com ele, Isabela, mas consegui nadar e me salvei.

Horrorizada, exclamei:

– E sua filha, onde está agora? Você não disse que tinha uma filha?

Ela apertou as minhas duas mãos com tanta força que doeu.

– Sim, eu disse que tinha uma filha. O nome dela era Dominique. Ela também estava conosco. Teria a sua idade hoje, 14 anos, se estivesse viva. Muitas vezes, olho para você e fico pensando como ela seria, se seria igual a você... E acho que eu seria feliz se a minha filha fosse igual a você, Isabela: inteligente, educada, bonita, uma mulher forte e corajosa, que pensa, que vai buscar os seus objetivos, que luta pelos seus sonhos. Mas ela se foi e só posso agradecer a Deus por ter tido o prazer de tê-la comigo durante cinco maravilhosos anos. – Ela fez uma pausa, passou a língua nas lágrimas e contou: – Dominique segurava a minha mão na hora do acidente, mas com a força da onda foi jogada longe e não pude salvá-la.

As últimas palavras foram ditas entre soluços. Abracei-a e choramos juntas por muito tempo. Quando ela se acalmou um pouco, continuou a história:

– Passei muito tempo vivendo como um robô. Achava que a culpa da morte deles era minha, porque eu insistira muito para fazermos aquela viagem. Não tinha coragem de me matar e rezava todos os dias, implorando a Deus que me levasse para junto do meu marido e da minha filha. Eu não queria viver e cheguei a ficar internada durante meses num hospital, por causa da depressão. Então, minha arte me salvou. Recomecei a pintar, primeiro para passar o tempo no hospital; depois, como uma necessidade: já que eu era obrigada a viver, esse era o único jeito de suportar a dor. Aos poucos, através das cores das minhas telas, fui me abrindo para a vida. Durante muitos anos, nunca tive um namorado, nunca nem mesmo olhei para um homem com olhos de mulher. Eu estava morta para a alegria. Vivia porque respirava. Não chorava, mas também não sorria. Suportava a vida como um fardo. Não pedia mais a morte. Tinha aprendido que ela não vem quando a gente quer, mas quando ela acha que chegou a hora de nos levar.

"Foi quando conheci o seu pai que entendi que, enquanto há vida, há esperança de felicidade. Apaixonei-me por ele assim que ele me olhou e me mostrou seu sorriso luminoso, perguntando se o lugar na minha mesa estava vago. Hoje, entendo que a vida é uma dádiva e procuro ser feliz a cada minuto. Não reclamo de nada, aproveito o que recebo e dou os ombros para o resto. Depois de tudo o que sofri, coisas pequenas não me incomodam mais e posso conviver com elas."

De repente, diário, fiquei tão envergonhada... Percebi que nunca tinha pensado na Aline como uma pessoa, com alegrias e tristezas, com dificuldades para vencer, com obstáculos para superar e alegrias para comemorar na vida. Para mim, ela era apenas a monstra do Lago Ness que tinha roubado o meu pai e mudado a minha vida para pior. Depois, eu me acostumei com ela, porque ela era legal para mim, mas também nunca lhe dei nada. Durante muito tempo, a felicidade deles me deixara com mais raiva, porque eu achava que eles estavam felizes em cima da minha infelicidade. Apesar de termos ficado amigas, nunca a imaginei sofrendo ou mesmo levando uma vida normal. Nunca pensei numa vida para ela, numa vida "anterior".

Percebi tudo num mesmo instante: minha mãe não era nenhuma santa, nem era verdade que meu pai tivesse nos abandonado! Porque, em todos os momentos da minha vida, morando na nossa casa, sozinho ou com a Aline, lá estava ele, pronto para ajudar, se a gente precisasse, interessado na nossa vida, nos dando atenção, pagando as nossas contas. E, se minha mãe precisava ficar falando tão mal dele, só podia ser porque ela sabia que também tivera culpa no fracasso do relacionamento, apenas não admitia! Ela tentava fazer parecer que ele era horrível para amenizar as próprias faltas.

Diário, foi tanta coisa que passou pela minha cabeça que, se fosse escrever tudo, levaria um ano! Mas confesso a você que fiquei muito emocionada como esse lado "gente" da Aline, no qual eu jamais tinha pensado, e que me levou a ver com mais clareza o "outro lado" da minha mãe e, consequentemente, o outro lado das pessoas em geral, o "lado de dentro", aquele que elas não ficam mostrando para o mundo: as emoções.

Cheguei à conclusão de que esse é o lado mais bonito, e não entendo por que as pessoas (eu, inclusive) têm tanto medo de mostrá-lo, preferindo fingir-se de duras e insensíveis. Mas pretendo pensar muito nisso, com certeza!

Aquele foi, sem dúvida, um dos momentos mais mágicos da minha vida. Não apenas tive a resposta para as várias perguntas que me atormentavam, mas vi tanta coisa que foi como se um véu tivesse se rasgado, para que eu pudesse ter acesso a um mundo novo, que me era até então desconhecido.

Choro cada vez que me lembro dela contando sua história, choro quando me lembro da festa de Ano-novo em Belo Horizonte, choro quando penso no tanto que ela deve ter sofrido...

Por que ela não me contou isso antes?

Talvez eu não tivesse sido tão chata com ela.

Diário, sinto-me tão envergonhada da maneira como me comportei...

Quarta-feira, 8 de maio

Só um pensamento ocupa a minha mente e não preciso dizer qual. Releio tudo o que escrevi e tenho uma vontade imensa de colocar este caderno no fogo, para ver se apago este último ano da minha vida. Mas vou fazer diferente: vou resistir a essa tentação, e vou guardar você com mais cuidado ainda, para nunca me esquecer de todas essas lições.

Contei tudo e não contei o motivo da tristeza da Aline naquele dia: nessa viagem que fez, ela pretendia (finalmente, segundo ela) exorcizar alguns fantasmas da vida dela, tratando de assuntos legais que tinha ignorado até agora. Ela tem a intenção, por exemplo, de vender uma casa nos arredores de Paris, onde estão até hoje todas as suas lembranças daquele tempo, pois é onde ela morou com o marido e a filha. Pobre Aline, não vai ser fácil enfrentar uma casa cheia de fotos, objetos e recordações de toda espécie...

– Preciso fazer isso, Isabela – ela me disse –, porque sou feliz com a minha nova vida, e é hora de deixar os fantasmas descansarem em paz.

"Mulher corajosa!", não posso deixar de pensar.

Quinta-feira, 16 de maio

Faz dois meses que conheci o João Pedro!!!

Parabéns para nós!

Agora fui eu que dei a ele de presente um par de entradas para ver Rodin, na Pinacoteca do Estado! E ganhei uma paleta linda!

O João Pedro virou o meu segundo grande companheiro das visitas aos museus.

Amanhã, começo a trabalhar na creche. Estou ansiosa. Depois conto.

Sábado, 18 de maio

Toda sexta, farei recreação para as crianças da creche Carlos Drummond de Andrade. Comecei ontem e adorei! Elas são tão educadinhas, que amor, sabem tudo o que têm de fazer, a hora de lavar as mãozinhas, de escovar os dentinhos, de tirar uma soneca, tudo! E brincam tão felizes, eu adorei, e elas também! Li e contei histórias, jogamos jogos educativos, cantamos, desenhamos.

Essas crianças são filhas principalmente de empregadas domésticas, e a única condição para frequentar a creche é que as mães estejam trabalhando. Mas o que achei mais interessante é que as mães assistem palestras sobre educação infantil e psicologia, sendo que é terminantemente proibido bater nos filhos. As mães aprendem a conversar e a dialogar de verdade, ouvindo as razões dos filhos, desde pequeninos, e a explicar a eles por que não podem fazer determinada coisa. Quando a conversa não funciona, elas são orientadas a colocar a criança de castigo no quarto, "para pensar no que fez". A proibição de punições físicas é tão séria que uma mãe pode perder o direito de deixar o filho na creche, se bater nele.

Uau, acho que isso deveria ser estendido ao resto do mundo também!

Quarta-feira, 22 de maio

Amo o João Pedro por tudo o que ele é, mas tiro mesmo o meu chapéu para os pensamentos e conclusões dele! Ele é *muuuito* inteligente! Um cara que pensa.

Tivemos uma conversa sobre o papel da filha na vida do pai, e foi assim que a mãe disse para ele quando ela se casou de novo, quer dizer, ao contrário, mas igual:

– No coração do homem existem vários compartimentos; num deles, por exemplo, está escrito "filha". Todas as filhas caberão juntas nesse mesmo espaço marcado, sem prejuízo do tamanho do amor que ele sente por cada uma delas. Se ele não as tiver, o espaço fica vazio. Por mais que ele ame a companheira, esse amor jamais será expandido a ponto de invadir a área da filha – e vice--versa. É, portanto, uma grande bobagem da filha sentir ciúmes da nova mulher do pai – uma jamais poderá substituir a outra, já que têm funções e espaços diferentes na vida e no coração dele.

O João Pedro terminou dizendo que percebeu que eu conseguira vencer meu ciúme em relação à Aline, e que ele estava muito orgulhoso de mim.

Ele é um doce!

Sexta-feira, 24 de maio

Na semana passada, acho que não contei, saiu a sentença do divórcio. Minha mãe ficou aborrecida, porque o advogado dela não conseguiu arrancar mais dinheiro do meu pai, e ele vai ter de pagar exatamente aquilo que já pagava. Mas lei é lei; se foi assim, é porque antes já estava certo, eu acho.

Ela não fala em trabalhar, estudar ou fazer qualquer coisa, segue levando a vida numa boa, viajando e comprando como ela gosta, tudo igual sempre. A diferença é que não há ninguém tentando frear os gastos dela, mas às vezes fico me perguntando aonde isso vai dar. Acho que ela está pensando em se casar com o Joaquim, mas tem de ver se ele também quer, não é mesmo?

A Aline volta amanhã de Paris. Sábado é aniversário do meu pai, e ela disse que vai fazer uma superfesta surpresa para ele. Eu vou ajudar. Nós combinamos tudo antes de ela viajar: eu vou dar um jeito de tirá-lo de casa, para ela fazer uma decoração das "mil e uma noites", que ela já preparou faz tempo, é só montar no dia. Ela vai estar vestida de odalisca, eu e a Jandira também. Preparou até uma roupa de *sheik* para o meu pai.

Ela pediu que eu convidasse o João Pedro e algumas das minhas amigas: a Jussa, claro, a Estela, a Tatiana, a Juliana, a Fátima e quem mais eu quiser; a mesma coisa ela falou para a Jandira.

Acho que vai ser d+++!

Domingo, 26 de maio

Que festa, diário, que festa!

Nunca vi nem ouvi falar em nada parecido na minha vida!

No meio da festa, de surpresa – ou pelo menos foi o que me pareceu –, meu pai pediu a Aline em casamento, ela disse sim e foi a maior alegria. Até eu e a Jandira ficamos contentes. Foi muito romântico.

Quinta-feira, 6 de junho

Tenho escrito muito pouco, principalmente aqui, mas o motivo não é falta de tempo. Tem outro – e este é mais profundo!

Escrever diário é uma terapia. Alivia muito a minha alma, quando estou triste. É muito bom poder falar do que me incomoda, nem que seja com esse amigo invisível que um caderno em branco representa. Sem censura. Sem certo ou errado. Brigo, xingo, reclamo, viro uma pobre coitada que o mundo maltrata, mas sempre acabo descobrindo que a infelicidade é a gente mesma quem provoca, quando não aceita o inevitável.

A sensação é de que esse amigo me ouve e aconselha. Quando escrevo, reflito sobre as coisas que afetaram minha vida, vejo a situação com mais clareza e identifico a direção a tomar. Na verdade, acho que a gente sempre sabe quando está errada, apenas não admite e fica esperneando feito criança teimosa, mas uma hora tem de se render, ou seja, aceitar. Muita gente dá a esse momento o nome de "maturidade". Outros, de "sabedoria". Mas ele também atenderá se você o chamar de "crescimento".

E tem mais: melhoro a maneira de me expressar, melhoro a minha relação com a língua, ao escolher as palavras e corrigir a gramática. Busco a beleza, ao tornar o meu caderno o mais belo possível, tanto no texto quanto na aparência. Passo um tempo voltada para dentro de mim mesma, em vez de ir passear no *shopping*, que apenas distrai, sem me acrescentar muito.

Ah, a reflexão sempre nos leva a lugares nunca antes visitados. Graham Bell disse: "Nunca ande por caminhos traçados, porque eles só levam até onde os outros já foram".

Ao refletir, trilho o meu próprio caminho. Melhor ainda: crio o caminho que vou trilhar. Ele há de ser sempre o melhor, porque eu o escolhi para mim. E, se não for, sempre poderei criar outro.

Talvez por tudo isso, escrevo muito mais quando estou triste ou preocupada com alguma coisa (inclusive com uma ideia) do que quando estou feliz. E não sou a única: as pessoas em geral procuram mais os amigos para chorar as mágoas do que para contar as suas alegrias.

Agora só me resta fazer uma declaração de amor. Então, aí vai:

Querido diário, amo você!

(Uau, diário, depois dessa, acho que você vai ficar todo convencido...)

Domingo, 9 de junho

Continuo pintando tudo o que dá – ia escrever "muito", mas como medir o que é muito ou pouco? Pinto sempre que posso, e isso quer dizer que, às vezes, passo dias sem pintar, enquanto, outras vezes, pinto dias inteiros.

A Aline me ajudou a montar um ateliê no meu quarto, de modo que agora não preciso mais ir à casa dela para isso. De qualquer maneira, adoro ir lá e ficar com ela. Sempre conversamos sobre coisas interessantes, conto para ela do João Pedro, das minhas amigas, da escola, das festas, e ela dá muita risada com as minhas histórias. Ela também gosta de conversar comigo.

Mamãe segue namorando o Joaquim. As ideias dele já não me incomodam mais, e também evito ficar conversando de coisas sobre as quais eu sei que ele tem opiniões conflitantes com as minhas. Fico ouvindo os casos que ele adora contar, dou risada, me divirto e deixo o resto pra lá.

Minha mãe e eu não brigamos mais, mas eu não faço nenhum comentário sobre o estilo de vida que ela escolheu para si. A cama dela é o sofá da sala até hoje, mas de vez em quando ela dorme na bicama do quarto da Jandira.

Estou pensando em trocar de quarto com a minha irmã, já que o armário aqui dá conta de duas pessoas. Fica chato para a minha mãe dormir num quarto e ter as roupas dela no outro. Só faço questão de ter um quarto só para mim, porque o ateliê ocupa um espaço grande, e não posso correr o risco de ter gente mexendo nas minhas coisas.

Terça-feira, 12 de junho

Meu aniversário está chegando. Queria fazer uma festa bem bonita, e a Aline já disse que me ajuda. Melhor ainda, ela disse que pode ser na casa dela.

O João Pedro é um doce e continuamos juntos. Já faz um tempão. Você acredita que nunca brigamos?

Acho que não contei que tenho uma nova amiga, a Bia. Nós nos conhecemos numa lanchonete, ela estuda na mesma escola que o João Pedro, foi ele quem nos apresentou. Parece o cúmulo da coincidência, mas ela conhece a Jussa, dá para acreditar?

Sábado, 16 de junho

João Pedro & Isabela: três meses juntos!
Parabéns para nós!

Segunda-feira, 24 de junho

Hoje é o dia do meu aniversário, mas a festa foi sábado – e que festa, diário!!!

A Aline se ofereceu para preparar tudo, mas teve a ajuda de uma pessoa. Sabe de quem? Acho que você já é capaz de adivinhar. Sim, da minha mãe!

Elas fizeram uma decoração japonesa, com lampiões e biombos, plantas e até um laguinho no meio do jardim. Serviram *sushi, sashimi, sukiaki* e saquê! O tempo colaborou e, além da beleza da noite estrelada, nem fez muito frio, e pudemos ficar do lado de fora da casa também. Esqueci de contar que a sala de estar virou uma discoteca e contrataram até um DJ, que chegou com todos os aparatos de caixas de som, luzes e muita música em fitas selecionadíssimas! (Ainda bem que os vizinhos estavam na festa. Senão, já viu, né? Iriam chamar a polícia por causa do barulho!)

E sabe quem foi à minha festa? Bem, estava todo mundo lá, mas quero contar que estavam juntos meu pai e a Aline e minha mãe e o Joaquim. Até eu fiquei encantada quando vi os quatro conversando numa boa...

Quando a festa acabou, a Aline me abraçou e disse, muito emocionada:

– Deus levou a minha filha, mas eu nunca poderia imaginar que Ele iria me dar outra. – Ela nem pensou para emendar: – Não, Ele fez mais: me presenteou com duas filhas maravilhosas! Mais um vez, parabéns pelo seu aniversário! – e me entregou um envelope.

Você é capaz de adivinhar o que tinha dentro? Não, você não sabe, nem nunca será capaz de descobrir, por isso vou contar logo: uma passagem para Paris! E muitos euros novinhos em folha para eu comprar o que quiser por lá!

Ela disse que vamos visitar todos os museus e galerias de arte, e tenho certeza de que vou adorar! Sei que a filha dela nunca poderá ser substituída, mas fiquei feliz em saber que a Aline se sente consolada.

Domingo, 14 de julho

Hoje é o dia da Queda da Bastilha, que equivale na França ao nosso Sete de Setembro. Aliás, nunca comentei com você sobre o (maravilhoso) livro que fala da Revolução Francesa (que resultou nessa famosa Queda da Bastilha), que a Aline me deu, mas agora não tenho tempo para isso: tenho milhões de coisas para contar em dois minutos!

Ontem, meu pai e a Aline se casaram no cartório; depois, os convidados (que era pouca gente, só a família e os amigos mais chegados) foram almoçar para comemorar; em seguida, os dois se mandaram para um hotel. E hoje à noite vamos todos para Paris, em lua de mel.

Todo mundo morre de rir quando eu conto que meu pai vai levar as filhas na lua de mel, mas foi a Aline quem insistiu. Ela diz que a vida dela já é uma lua de mel todo dia, e por isso não tem importância.

Não tive tempo para escrever ultimamente, mas você compreende (aliás, adoro você, porque *sempre* compreende tudo!). É tanta coisa para fazer...

Ai, diário, estou tão ansiosa! Não dormi a noite inteira. Na verdade, a Jandira também não, e nós ficamos conversando, checando se não estávamos esquecendo de nada, falando dos lugares que queremos visitar, de tanta coisa que nem lembro mais, são tantos sonhos, tantos desejos...

Minha irmã só fala na neve que quer conhecer. Sabemos que é verão na Europa, mas a Aline prometeu nos levar às montanhas onde tem neve eterna; ela assegura que não vamos voltar para casa sem ter conhecido a neve!

Bem, esta é a sua última folha. Como sempre faço no fim de cada caderno, quero agradecer as grandes e aconchegantes orelhas que você usou para ouvir as minhas mazelas e me despedir, prometendo que nos encontraremos num próximo caderno – bonito e enfeitado, naturalmente, mas de um outro jeito, porque nele escreveremos mais um capítulo da minha vida, que não será igual a este... Espero, sinceramente, que seja melhor, mas isso já é outra história! Obrigada por ter me ouvido!

A bientôt!

Este livro foi composto em Avenir e Rotis Serif e
impresso em papel Offset 90g/m².